AF465759

HISTOIRE ABRÉGÉE
DE LA
COLONIE
DE
ROBINSON CRUSOË.
LECTURE
INTÉRESSANTE ET INSTRUCTIVE
POUR LA
JEUNESSE.

Arrangée pour s'en servir plus généralement dans les écoles, et pourvue d'un petit vocabulaire Français et Hollandais,

PAR

M. VAN OORT.

IMPRIMÉ à ZUTPHEN,
CHEZ ET POUR H. C. A. THIEME.
1812.

PRÉFACE.

Il y a environ six ans que je mis au jour en hollandais et en français, une histoire abrégée de ROBINSON CRUSOË à l'usage des écoles; ce petit livre a été si bien accueilli, que depuis ce temps le hollandais a été réimprimé trois fois et le français deux fois; c'est ce qui m'a encouragé de présenter à la jeunesse ce livre, sous le titre de *la Colonie de Robinson*, comme une suite au précedent; afin de favoriser la lecture, car l'expérience nous apprend, qu'un disciple aime la variation de livres et s'ennuie autrement par la monotonie.

Il

Rien ne me sera plus agréable que de voir que ce petit ouvrage soit reçu avec autant d'avidité que le précédent et qu'il encourage de nouveau la jeunesse; c'est la seule satisfaction que je désire de mon travail.

La

LA

COLONIE DE ROBINSON.

LECTURE INTÉRESSANTE ET INSTRUCTIVE POUR LA JEUNESSE.

Au nord de l'Amérique méridionale on apperçoit plusieurs îles, dont Robinson, qui est assez connu par les histoires, en habitoit une et où il établit après une colonie, (*) à l'aide de son fidèle Vendredi, un Espagnol et un sauvage, qu'ils avoient un jour sauvé des mains des Cannibales. On peut regarder ces quatre hommes comme les fondateurs de la Colonie.

Un jour l'Espagnol apprit à son libérateur que dans une île peu éloignée se trouvoient plusieurs de ses compatriotes, qui vivoient au milieu des sauvages. Il ajouta, que ces bonnes gens désiroient avec la plus vive ardeur de pouvoir vivre avec des Européens civilisés. Le triste sort de ces infortunés toucha le coeur sensible de Robinson. Il proposa à l'Espagnol, de s'embarquer avec le père de Vendredi dans un canot, d' aller trouver ses amis et de les transporter peu à peu dans son île. L'Espagnol goûta fort cette idée, et se servit, pour l'exécuter, d'un des canots que les sauvages avoient abandonnés.

 Peu-

(*) On appelle colonie une association de plusieurs personnes qui s'établissent dans un lieu, où il n'y avois avant eux ni champs labourés, ni jardins, ni pâturages qui servissent à d'autres. Souvent on appelle aussi colonie la contrée même ainsi défrichée; ceux qui l'habitent, portent le nom de colons; leur ouvrage s'appelle plantation.

Pendant que Robinson se préparoit à recevoir ses nouveaux hôtes, un vaisseau anglois jeta l'ancre non loin de l'île. L'équipage qui avoit insurgé contre son capitaine, prit la résolution de le mettre, lui, le pilote et un des passagers, à terre dans l'île de Robinson, qu'on croyoit déserte. Robinson et Vendredi se présentèrent à propos, conduits par ces trois hommes qu'ils avoient recueillis, et à la prière de Robinson, le capitaine dut avoir patience jusqu'à l'arrivée des Espagnols, qu'on attendoit d'un moment à l'autre. Ils ne tardèrent pas longtemps. Robinson leur apprit ce qui venoit de se passer, et après avoir pris alors le vaisseau, il leur fit part de sa résolution de s'embarquer avec eux pour l'Europe. Quatorze Espagnols le suivirent; deux restèrent dans l'île. Ils avoient épousé des sauvages; l'un d'eux étoit celui à qui Robinson avoit sauvé la vie. Il s'appeloit Diégo. L'autre étoit son frère Fernando. Leurs femmes étoient soeurs, et avoient emmené avec elles leur frère, qu'elles avoient persuadé de les suivre, et les trois Anglois, qui, d'après le conseil de guerre, avoient mérité la mort, pour avoir été les principaux instigateurs du complot. Le capitaine leur fit grâce de la vie, et les déporta dans l'île.

En partant, Robinson établit les Espagnols maîtres de l'île, et ordonna que les Anglois leur seroient soumis. Il leur imposa pour première condition, la paix, la concorde et l'union, et leur fit entendre que peut-être il reviendroit finir ses jours parmi eux. Après avoir fait encore quelques arrangemens, et avoir remis à Diégo plusieurs papiers relatifs à l'état de l'île et à la meilleure manière de la cultiver, il remit aux Espagnols son fort pour y demeurer, et aux Anglois le lieu où il avoit découvert la caverne. Il leur laissa aussi des fusils, de la poudre, du plomb. En un mot tout ce dont ils pouvoient avoir besoin. Il prit un tendre congé de cette île où il avoit vécu l'espace de vingt-huit ans. Sa vie de solitaire toute entière se déroula devant lui comme un vaste tableau. Il la parcourut trait pour trait. Tout ce qu'il avoit pensé, dit et fait, tout ce qu'il avoit enduré, craint et espéré, vint s'offrir à la fois à son ame agitée, et pesa doublement sur elle à l'heure du départ. Il soulagea par des larmes et par des prières son coeur oppressé, et en entrant dans l'esquif, il laissa dans l'île la meilleure moitié de lui-même.

On peut compter ce départ au nombre des événemens les plus mémorables de sa vie. Heureux, ma tendre jeunesse, si avec une conscience pure et sans reproche, avec un coeur innocent et paisible, vous quittez la maison paternelle! Heureux, si vous n'avez point à regretter l'abus que vous avez fait de vos plus belles années, si aucun souvenir de désobéissance, de désunion ne vient troubler votre ame, si vous emportez avec vous, comme un riche trésor, la conviction d'avoir rempli vos devoirs, la bénédiction de vos parens, l'amour et les voeux de vos frères et soeurs. Vous apprendrez à vous estimer vous-mêmes; vous sentirez en vous la force et le courage d'avancer de plus en plus dans la carrière du bien, de développer les heureux germes qui sont en vous, et le bonheur sera votre partage. Il n'est pas question de richesses, de rang, de considération; il s'agit d'avantages plus réels,

 de

de l'estime, de l'approbation, de l'amour de tout ce qu'il y a de gens de bien; vous-mêmes vous approuverez, et quoi qu'il vous arrive, votre conscience pure, votre coeur sans reproche sera pour vous une source abondante de bonheur et de contentement.

C'étoit une belle soirée. La mer, comme une glace unie, s'étendoit au loin, quand Robinson entra dans l'esquif au milieu des cris de joie de tous les matelots. On part; la barque s'approche du vaisseau. Robinson monte, s'enferme dans la chambre du capitaine pour y réfléchir librement au changement qui s'est fait dans son sort. Ensuite il voulut se confondre avec ses nouveaux compagnons de voyage. Mais quelle fut sa frayeur, lorsqu'il entendit des cris et des vociférations dans l'équipage. Une nouvelle insurrection, mille fois plus terrible que celle qu'on venoit d'étouffer, se formoit. Robinson même s'en épouvanta un moment, mais les épreuves par où il avoit passé, lui avoient donné le courage du sang-froid. A la tête des Espagnols et tenant son fidèle Vendredi par la main, il s'élança sur le pont. Il y trouva le capitaine, tremblant et irrésolu. Ses adversaires, mettant à profit la lâcheté visible de leur chef, opposoient à ses représentations timides des cris insultans, et sans l'intervention de Robinson il eût péri, victime de l'insolence de ses ennemis. Ayant remarqué la foiblesse du capitaine et les deux principaux moteurs de l'insurrection qui s'efforçoient d'exciter leurs camarades, il vit que tout dépendoit de la rapidité de l'exécution. Avec du courage il ne gâtoit rien et pouvoit tout réparer, au lieu qu'il ne gagnoit rien

et

et pouvoit tout perdre en montrant de la timidité et en usant de lenteur. Il sauta sur les deux chefs de la révolte, en saisit un au collet et le terrassa, pendant que Vendredi répétoit la même opération avec l'autre. Robinson mit la pointe de son couteau de chasse sur la gorge de son homme, et le menaça de l'en percer, s'il ne se tenoit tranquille. Cet assaut imprévu et prompt eut son plein effet. Les deux coupables se jetèrent aux pieds de Robinson, sans pouvoir proférer une seule parole pour se justifier. „ Prenez-les," s'écria Robinson avec un visage enflammé de colère, „ saisissez-les, „ mettez-lez aux fers, jetez-les à fond de ca-„ le; et qu'à notre arrivée en Anglèterre ils „ soient jugés selon la rigueur des lois! Y-a-t-„ il quelqu'un qui murmure?" continua-t-il, en voyant quelques marques de mécontentement se manifester chez les autres. „ Le premier qui „ osera résister aux ordres du capitaine et aux „ miens, sera pendu à la grande vergue." (*) Ces paroles de Robinson effrayèrent la multitude, qui avoit balancé jusqu'alors entre une nouvelle insurrection et le retour à l'ordre. On mit les prisonniers aux fers et on les transporta à fond de cale. Le péril étoit imminent, il n'y avoit pas un moment à balancer, là ils attendoient leur triste destinée. De retour en Angleterre, ils n'ignoroient pas, que d'après les lois du code marin, la mort les attendoit. Malgré leurs prières, ils ne pouvoient compter sur la compassion de leurs juges, et le capi-

 tai-

(*) On appelle ainsi l'antenne suspendue ou attachée au mât principal, laquelle sert à porter la voile supérieure. Cette vergue ou antenne est la plus en vue et sert, par conséquent, à pendre les criminels afin que les équipages des vaisseaux qui passent, puissent voir le supplice et profiter de l'exemple.

taine devoit à son équipage cet acte de rigueur. En attendant, cette aventure avoit retardé le départ du vaisseau, qui resta cette nuit à l'ancre. (*)

Le lendemain matin, quand on voulut lever l'ancre et partir, on ne trouva plus les deux prisonniers; ils étoient disparus.

Leurs camarades, les avoient déliés, et leur avoient procuré une petite barque, telle qu'il s'en trouve plusieurs dans chaque vaisseau, sur laquelle ils s'embarquèrent et parvinrent heureusement dans l'île que Robinson venoit de quitter. Le capitaine fit descendre à l'eau une autre barque avec plusieurs hommes armés avec ordre de les poursuivre et de les ramener; mais à l'approche de cette barque, ils avoient gagné l'épaisseur de la forêt, et leurs camarades revinrent à vide. De ſorte que les perſonnes qui composoient la nouvelle colonie étoient d'abord les deux Espagnols et leurs deux femmes; un sauvage, savoir le beau-frère de l'Espagnol; les trois Anglois qui s'étoient décidés à rester dans l'île, et les deux Anglois qui venoient de s'y réfugier. Dix personnes en tout.

Les deux Espagnols, Diégo et Fernando, étoient pères et deux hommes du meilleur caractère. Leur voeu le plus ardent étoit de voir la colonie toute entière ne former qu'une seule famille, de voir tour-à-tour les uns aider les au-

(*) Quand on veut arrêter un vaisseau sur mer, et interrompre son cours, on le fait à l'aide de gros crochets ou crampons de ſer, retenus par de longues cordes bien grosses, qu'on appelle des câbles. On descend ces crochets jusqu'au fond de l'eau: à l'aide de leur propre poids, et par le mouvement ou balancement du vaisseau, ils mordent dans le sable ou la vase, s'y affermissent et retiennent le vaisseau, comme on dit, à l'ancre. Ces ancres pesent jusqu'à dix quintaux, et le câble a souvent deux à trois fois la grosseur d'un bras.

autres dans leurs travaux. Les deux Anglois qui avoient déserté le vaisseau, et qui se nommoient Robert et William, n'avoient à se reprocher que leur mutinerie; c'étoient, du reste, deux très-bons sujets, qui firent leur possible pour resserrer les noeuds d'union et d'amitié qui les attachoient à leurs compagnons. Mais les trois matelots que le capitaine avoit déportés, pensoient bien différemment. Atkins, Jack et Toby, (ce sont leurs noms) étoient rudes, grossiers et privés de tout sentiment d'équité et de bonté. De plus, violens et emportés, et prêts à se couper la gorge pour la moindre bagatelle. Dès le premier jour ils commencèrent à chercher querelle aux autres. A peine le vaisseau se fut-il éloigné qu'ils s'opposèrent à toute force à ce que William et Robert entrassent dans l'habitation de Robinson, et prétendirent même qu'ils quitassent l'île. Diégo, que Robinson avoit chargé du gouvernement général, fit à ce sujet les représentations les plus sages et les plus modérées. „ Mes „ amis, leur dit-il, ne soyez pas injustes en- „ vers ces pauvres gens. L'idée seule qu'ils „ ont la même patrie que vous, doit vous in- „ spirer pour eux de l'amitié et de la sensibili- „ té. Mais nous avons encore un motif d'u- „ nion bien plus puissant; séparés du monde „ entier, ne devons-nous pas vivre en frères, „ partager nos travaux, nos jouissances, nos „ destinées? Nous devenons nous-mêmes les „ artisans de notre malheur, si nous vivons en „ désunion et en guerre ensemble." Mais ils étoient trop rudes, trop entêtés, trop capricieux pour profiter de ces sages conseils. Plus Diégo les sollicitoit à la concorde, et plus ces esprits per-

pervers persévéroient dans leur tort. Les ordres de Diégo ne produisirent pas un meilleur effet que ses prières; ils lui répondoient avec arrogance ou avec un souris offensant et moqueur. Diégo étoit naturellement doux et paisible. Il prit le meilleur parti, celui de céder, espérant que le temps et leurs besoins communs les rapprocheroient, et ouvriroient les yeux de ces brutaux-là. Il préféra avec sagesse une voie sûre et à sa portée. Avant d'user de violence, il voulut employer la douceur. Pour un homme qui n'est pas entièrement corrompu et gâté, la douceur n'est pas sans efficace. Tel étoit son principe. „ Je „ vois, continua-t-il, qu'il est impossible „ d'établir au milieu de vous cette paix et cet„ te concorde, qui nous est si nécessaire à „ tous. Mes prières sont vaines, mes repré„ sentations inutiles. Afin de prévenir un grand „ malheur, séparons-nous. Fernando et moi, „ nous resterons dans cette demeure qu'habi„ toit notre libérateur. Je vous assigne, à „ vous trois, Atkins, Jack et Toby, l'habita„ tion d'été de Robinson. Vous y trouvez „ une belle cave, vous y avez le bois néces„ saire pour construire une cabane, le sol est „ fertile et bon, vous y serez à couvert des „ incursions des sauvages. Je vous fournirai „ dès aujourd'hui des outils de construction, „ et des fusils pour votre défense. Vous vous „ rendez dès aujourd'hui dans votre nouvelle „ demeure, et je vous déclare que c'est aujour„ d'hui la première et la dernière fois que je „ cède à votre audace. Au moindre sujet de „ plainte que vous me donnerez, vous trouve„ rez à qui parler." Diégo exécuta tout de

suite

suite ce qu'il venoit de dire, et les congédia après leur avoir donné des outils, des armes à feu et quelques lamas privés, pour servir à leur premier établissement. William et Robert, après avoir passé quelques jours avec les Espagnols, construisirent, avec leur aide, une cabane de l'autre côté du bois, au pied d'une colline. Ils défrichèrent les environs de leur demeure, environnèrent leur petit domaine d'une haie vive, le partagèrent en champs et en jardins, et s'y prirent avec un soin et une intelligence dignes de plus grands éloges. Peu de semaines leur suffirent pour cet ouvrage. Diégo leur fournit un petit troupeau de lamas, et n'alloit jamais les voir sans se réjouir de l'étendue et du succès de leurs travaux.

Le ménage rustique de Robert et de William étoit dans le meilleur ordre possible. Leur troupeau prospéroit et s'accroissoit de jour en jour; leur jardin étoit bien planté, leurs champs promettoient la plus belle moisson, quand les trois Anglois, à qui l'habitation d'été de Robinson avoit été assignée, et qui y avoient du bois de charpente et d'autres matériaux en abondance, pour s'y construire la demeure la plus commode, pendant que leurs compatriotes et les Espagnols travailloient, passoient leurs temps à dormir, ou parcouroient l'île avec leur fusil sur le dos, pour tuer une pièce de gibier, ou prendre une tortue, ou dénicher des pigeons sauvages. En un mot, ils vivoient comme des gens qui ne savoient quel emploi faire de leur temps ni de leurs forces. Tous les soirs ils poussoient l'impudence jusqu'à se rendre dans la demeure des Espagnols pour demander à leurs femmes de leur préparer leur gibier ou leur

 tor-

tortue à souper. Diégo, à qui ce train de vie déplaisoit fort, étoit embarrassé de ce qu'il y avoit à faire. La conduite de ces gens l'allarmoit; il s'inquiétoit surtout de l'étourderie avec laquelle ils parcouroient toute l'île; parce qu'il étoit aisé que, de cette manière, les sauvages les aperçussent, et apprissent ainsi que l'île étoit habitée. Quel malheur pour la colonie! Il leur auroit pardonné leur oisiveté, qui n'étoit préjudiciable qu'à eux-mêmes? Car bien des travaux durent rester imparfaits, puisque dix bras ne pouvoient faire l'ouvrage de seize; voilà le préjudice qui rejailloit également sur tous. Mais celui qui leur étoit outre cela particulier consistoit dans cet ennui mortel qui les dévoroit. Ils étoient toujours mécontens et de mauvaise humeur. Rien ne leur faisoit plaisir. Et ce qui fâchoit le plus aux trois Anglois c'étoit de voir la prospérité et le contentement de leurs camarades. Ils voyoient régner parmi eux le plus grand ordre. Leur habitation étoit commode, solide et sûre; leur champ bien cultivé, leur jardin plein des plus beaux fruits, leurs clôtures en bon état, leurs troupeaux sains et nombreux. Rien de tout cela chez eux-mêmes. Leur habitation telle que Robinson l'avoit arrangée; point de réparations; leurs enclos avec de grandes brèches, par où les lamas sauvages pénétroient à leur aise pour ronger le petit nombre d'épis maigres qui croissoient çà et là dans les champs mal cultivés. Le jardin n'étoit riche qu'en mauvaises herbes de toute espèce. Le troupeau dans l'état le plus déplorable, parce que personne n'en prenoit soin. Ces paresseux qui se fâchoient toutes les fois que, dans leurs excursions, ils voyoient les

bel-

belles plantations de leurs camarades, n'en avoient pas plus envie, pour cela, de mettre la leur sur un meilleur pied. Au lieu de cela, ils songèrent à se venger sur leurs voisins, qui ne leur faisoient rien, de leur propre paresse.

Un soir que William et Robert étoient assis devant la porte de leur cabane, et se reposoient des travaux de la journée en s'entretenant paisiblement et en formant de sages plans pour l'avenir, ils virent que, du haut d'une colline opposée, les trois Anglois descendoient et venoient à eux. William s'avança à leur rencontre, leur offrit de se rafraichir, et de prendre place à côté d'eux sur leur banc de gazon. Tout autre eût été touché de cette réception amicale; les Anglois ne le furent point. Au lieu d'accepter ces offres, et d'en témoigner de la reconnoissance, ils se mirent à tempêter et à faire grand bruit.

„ Cette île, dirent-ils tous les trois à la
„ fois, est notre propriété; le Gouverneur nous
„ en a nommé les maîtres; personne n'a droit
„ d'y commander que nous. Vous deux, con-
„ tinuèrent-ils en haussant le ton, vous êtes
„ des déserteurs, des transfuges, qui n'osez
„ point prétendre à rester ici. Si nous vous
„ le permettons, c'est à condition de nous
„ payer des impôts; mais comme vous n'avez
„ rien à nous donner, c'est votre travail qui
„ est à nous, et désormais vous nous entre-
„ tiendrez."

William prit tout ceci pour un badinage.
„ Fort bien, leur dit-il, entrez avec nous
„ dans notre cabane, s'il vous plaît, et exa-

„ mi-

„ minez ensuite tous vos biensfonds, (*) puis-
„ qu'il s'agit de les estimer à leur juste va-
„ leur." De plus, continua Robert en riant,
„ vous n'ignorez pas sans doute, qu'il est d'u-
„ sage que le seigneur terrien accorde à ses
„ colons des années de liberté et d'immunité,
„ avant d'exiger d'eux des impôts et des re-
„ devances. Vous aurez apparemment la bon-
„ té de nous accorder les mêmes priviléges,
„ puisque vous voilà devenus nos seigneurs et
„ maîtres. Et, pour n'avoir rien à risquer,
„ faites-en dresser le contrat par un homme
„ de loi, et nous vous payerons un cens an-
„ nuel."

William se prit à rire de l'idée de son camarade; mais l'emporté Atkins en devint furieux, et dit: Vous payerez cher ce persiflage amer. En même temps il s'élança vers l'âtre, où les deux hôtes préparoient leur souper, saisit un tison allumé, et courut incendier les parois intérieures de la cabane. Elle seroit devenue la proie des flammes, si le courage déterminé de Robert ne fût venu à bout de jeter Atkins hors de la cabane, et si, de ses mains et de ses pieds il n'eût éteint le feu qui commençoit à prendre. La fureur d'Atkins redouble; il arracha de terre un pieu, il frappe Robert qui esquive le coup. William, qui voit son ami en danger vole à son secours, saute sur son fusil, et d'un coup de crosse abbat Atkins. Les deux autres veulent secourir leur camarade blessé, mais

(*) On appelle bien-fonds, ou biens immeubles, les jardins, champs, prairies, forêts; maisons, étangs, et autres possessions territoriales semblables, en opposition des biens meubles, effets, ustensiles, habits, linge, bétail etc. Les biens-fonds sont immobiles (immeubles); le reste est mobile (meuble).

mais William bande le chien de son arme, et menace de brûler la cervelle au premier qui osera remuer. Cette fermeté à laquelle on ne s'étoit pas attendu, et l'aspect d'Atkins sanglant, désarma les deux autres. Ils proposèrent un arrangement à l'amiable, auquel Robert et William déclarèrent qu'ils étoient prêts à donner les mains. Jack et Toby se contentèrent de la permission d'emporter leur blessé. Elle fut d'abord accordée, et Robert alla même chercher de l'eau de vie pour laver la plaie d'Atkins, qu'il eut de la peine à faire revenir, tant le coup avoit été violent, et même dangereux. Les deux autres s'en retournèrent chez eux avec leur camarade blessé, après avoir promis de se tenir tranquilles et de vivre en paix. Néanmoins Atkins brûloit du desir de se venger; ses amis partageoient ses sentimens, et l'occasion de se satisfaire ne s'offrit que trop tôt. Quelques jours après cette aventure Robert et William firent un tour dans la forêt. Leur intention étoit de choisir quelques arbres droits et propres à la charpente. Ils vouloient, près de leur cabane, construire une écurie, pour y héberger leur troupeau pendant la saison des pluies. Sur ces entrefaites, Atkins, Jack et Toby arrivent furieux à la cabane de Robert, et ne trouvant personne, ils foulèrent aux pieds le bled, abattirent la clôture, chassèrent dans le bois les lamas privés, et dans moins d'une heure, la belle plantation fut entièrement dévastée. Ce qui avoit coûté à ces bonnes gens tant de peines, de travaux, de sueur, ce qui étoit la récompense et la subsistance de ces honnêtes gens, devint la proie de ces forcenés.

Voi-

Voilà comment l'homme apprend à se conduire, lorsque, dès sa jeunesse, il a pris le malheureux prix de renoncer à ce qu'il se doit à lui-même et aux autres. Quand des pères et mères aiment leurs enfans d'une manière répréhensible; quand, cédant à toutes leurs volontés, ils les gâtent, et leur permettent la colère et l'emportement du moment où ils éprouvent la moindre contradiction; ou quand ceux-ci s'accoutument à n'écouter que leur aveugle passion, à se livrer par exemple aux mouvemens de la colère, sans écouter jamais la voix de la raison, et le conseil des hommes sages et éclairés: c'est alors que la passion va toujours croîssant, et, à mesure qu'elle se renforce en eux, la réflexion et la raison vont en diminuant.

Le soir, Robert et William revinrent, l'un et l'autre, avec une poutre équarrie. Ils n'en croyoient pas leurs yeux, en voyant cette dévastation cruelle. Ils étoient pétrifiés; ensuite, dans leur désespoir, ils eurent un moment l'idée de prendre leurs fusils et leurs sabres, et d'aller se venger sur les destructeurs de leur établissement. Mais ils se donnèrent le temps de la réflexion, et prenant un parti plus humain et plus modéré, ils allèrent trouver Diégo, lui exposèrent le malheur qui venoit de leur arriver, et déclarèrent sincèrement et en hommes d'honneur, qu'à l'avenir ils ne sortiroient plus de chez eux sans armes, et que par-tout où ils rencontreroient ces indignes, ils les tueroient comme des bêtes féroces. Les remontrances de Diégo, ses sollicitations furent long-temps inutiles; la douleur s'étoit trop emparée de leur ame; la plaie trop récente saignoit encore; leur moisson toute entière avoit péri; leur troupeau

étoit

étoit perdu; leur jardin détruit. Tous ces maux à la fois les accabloient trop, pour pouvoir tout de suite pardonner à ceux qui en étoient les auteurs. Ils n'y parvinrent que par degrés. Diégo vint à bout de les faire consentir à un entretien avec leurs compatriotes, où il engageroit ceux-ci à réparer le mal autant qu'il seroit en leur pouvoir. Contens de cette promesse, ils s'en retournèrent chez eux. Peu après, Atkins et ses camarades vinrent dans la demeure des Espagnols avec une tortue qu'ils avoient prise, en demandant qu'on leur préparât pour leur souper.

„ Mais, mes amis, leur dit Diégo du ton de „ la plus grande douceur: comment avez-vous „ pu prendre sur vous de traiter vos pauvres „ compatriotes avec tant de barbarie? Ce sont „ les meilleures gens du monde, qui ne font „ tort à personne, qui vivent en paix avec tous „ leurs voisins, qui aiment à rendre service „ dans toutes les occasions. Dites-moi, je „ vous prie, que vous ont-ils fait pour s'attirer ce traitement cruel?"

„ Ce qu'ils ont fait? répondit l'un des Anglois. Ils ont fait qu'ils sont ici, et qu'ils „ y sont venus sans notre permission. Qui leur „ a donné le droit de s'impatroniser dans cette „ île?"

„ Mais puisqu'ils y sont une fois, reprit Diégo, nous ne pouvons pas permettre qu'ils „ meurent de faim."

„ Qu'ils périssent, peu nous importe! continua Atkins. En un mot comme en mille, „ nous n'en voulons pas pour colons de l'île!"

„ Et que voulez-vous qu'ils fassent? demanda Diégo avec douceur. Nous voulons,

„ cria

„ cria Toby, qu'ils travaillent pour nous ;
„ qu'ils soient nos esclaves."

„ Mais, mes amis, de quel droit l'exigez-
„ vous ? A quel marché d'esclaves les avez-
„ vous achetés ? Comment parviendrez-vous à
„ prouver vos droits de maître et de propriété
„ sur leurs personnes ?"

„ Nous nous arrêterons à prouver nos droits,
„ n'est-ce pas ? s'écria Atkins en frappant du
„ poing sur la table. Sachez une fois pour
„ toutes, que c'est à nous que le gouverneur
„ a donné l'île, oui, à nous seuls. Personne
„ que nous, n'a droit de commander ici."

Il en coûtoit à Diégo de conserver son sang-froid ; cependant il sut se contenir encore, et reprit avec calme, et en souriant : „ A ce ti-
„ tre, nous autres Espagnols sommes donc
„ aussi vos esclaves ?"

„ Sans doute, répondit Atkins ; et vous le
„ serez de ce jour : nous saurons bien vous y
„ forcer."

Diégo se tut. Maître de sa colère qui alloit éclater, il entreprit un ouvrage pour se distraire, et parvint à ne plus faire attention aux discours de ces forcenés.

Voilà jusqu'à quel point l'homme peut se maîtriser, lorsqu'il en a pris la bonne habitude, et qu'il le veut sérieusement.

Le sang-froid réfléchi et apparent de Diégo ne fit qu'irriter davantage les trois Anglois. Ils se levèrent de table sans manger. „ Venez Jack,
„ venez Atkins, s'écria Toby, nous allons pu-
„ nir encore plus sensiblement nos coquins de
„ compatriotes ! Venez, je vous en réponds,
„ que de leur vie ils ne construiront plus de
„ cabane dans cette île."

En

En disant ces mots, ils prirent leurs armes et partirent, malgré les instances de Diégo et de Fernando. Diégo trembloit à la seule idée des suites que cette menace pouvoit avoir. Il prévoyoit avec raison de plus grands maux que ceux qui étoient arrivés. Sa propre sûreté, celle de son frère, le sort de la colonie toute entière dépendoit de la rencontre que ces furieux feroient de leurs compatriotes, et de l'issue du combat qu'ils alloient leur livrer. S'ils étoient vainqueurs, comme il y avoit tout lieu de le craindre, le sort des Espagnols étoit irrévocablement décidé. Ils devenoient les plus foibles, et par conséquent esclaves des trois Anglois. Qu'on juge de l'inquiétude de Diégo à la vue de ce péril imminent.

Mais les fautes que l'homme commet, la providence divine prend soin, dans les cas les plus pressans, de les réparer. C'est-elle qui souvent fait échouer les projets des scélérats, et qui, par de petites circonstances, en apparences foibles et insignifiantes, renverse souvent les plans que la méchanceté a conçus. C'est ce qui arriva dans cette occurrence.

La divine providence arrangea les choses d'une manière moins sanglante, tout comme elle arrange tout beaucoup mieux que les hommes ne peuvent le prévoir ni l'imaginer. Robert et William étoient rentrés dans leur plantation dévastée. Mais la soirée étant si belle, et voulant se distraire du malheur qu'ils avoient éprouvé, ils avoient pris le chemin du rivage (1).

Le soleil se couchoit d'un côté, tandis que du côté opposé la lune sortoit de la mer, comme d'un miroir luisant et poli. Nos deux amis, enfoncés dans leurs en-

(1) Bord de la mer.

entretiens, s'égarèrent sans s'en apercevoir. Ils se trouvèrent bientôt dans une contrée inconnue. Leur pied n'avoit jamais touché cette partie de l'île; tout ce qu'ils y virent, leur parut nouveau. La lune éclairoit les plus petits objets, et ne leur faisoit perdre aucune des beautés des environs. Ils étoient dans une vaste vallée, couronnée d'un côté par une forêt épaisse qui s'étendoit le long du rivage, d'un autre côté par une chaîne de rochers, et bordée par des prairies riantes entrecoupées de clairs ruisseaux. Ils contemplèrent long-temps en silence ce paysage enchanté, et oublièrent, en le voyant, tous leurs chagrins. Ils s'approchèrent des rochers, et trouvèrent une caverne dont l'entrée étoit assez spacieuse pour les recevoir sans difficulté. La lune qui éclairoit l'intérieur de la caverne, leur permit d'en examiner le local. Elle n'étoit pas grande, mais régulièrement construite, au point qu'on l'eût prise pour une grotte faite de main d'homme. Une source limpide murmuroit à côté, sortant d'un des rochers. Fatigués de leur course, les deux amis s'assirent dans la caverne, et s'endormirent. Ils ne s'éveillèrent que le lendemain matin, et purent à leur aise considérer la belle contrée, à qui chaque moment prêtoit de nouveaux charmes. Ils n'abandonnèrent qu'à regret et après s'être promis d'y retourner le même jour ces lieux enchantés; pleins de l'idée de ce vallon délicieux et de celle de communiquer leur heureuse découverte aux Espagnols, leurs amis, ils arrivent à leur ancienne demeure; mais jugez de leur épouvante, quand ....

Ils ne retrouvèrent plus leur cabane.

Atkins, Toby et Jack, pleins de fureur, après avoir quitté les Espagnols, avoient pris la route de de l'habitation de leurs compatriotes. Ils comptoient y trouver Robert et William ; leur projet infernal consistoit à mettre le feu à la cabane, et d'en brûler les habitans, ou de les massacrer au moment où ils voudroient se sauver. Heureusement pour ceux-ci, ils n'y étoient pas. Atkins fut le premier qui s'apercût de leur absence, parce qu'il trouva la porte fermée en dehors. „ Ah ah ! s'écria-t-il, nous n'avons trouvé que „ le nid, les oiseaux sont envolés. Que faire?" „ Que faire ? reprit Toby. Suivez mon exem„ ple !" A ces mots, il enfonce la porte d'un coup de pied. Ses horribles camarades se joignent à lui, pénètrent dans la cabane, et au bout de quelques minutes, le travail de plusieurs mois, les ressources de deux hommes paisibles et honnêtes et toute leur fortune sont détruits. L'habitation toute entière est démolie, en ruine, les meubles brisés. Les sauvages n'auroient pas causé une pareille dévastation,

S'applaudissant du succès de leur attentat, quoique mécontens de n'avoir réussi qu'à moitié, ils s'en retournèrent dans leur habitation, et après y avoir passé la nuit, ils allèrent, le lendemain, trouver les Espagnols.

C'étoit le matin au même instant que Robert et William, dans leur vallon, oublioient toutes leurs peines, que les trois incendiaires arrivèrent devant le fort, ou l'habitation des Espagnols. Robinson avoit donné ce nom à sa demeure, qu'occupoient maintenant les Espagnols, parce qu'il l'avoit mise à couvert d'un coup-de-main des sauvages, par des retranchemens en terre et des plantations d'arbres. Fernando [v]oit arriver les trois Anglois. Leur regard menaçant et furieux l'effraie sans

 lui

lui faire perdre la tête. Il croit Robert et William morts. „ Où sont vos compatriotes?" leur demande-t-il d'une voix ferme. „ Ah si nous „ les avions trouvés! s'écrie l'un des Anglois." Dieu soit béni de ce que vous ne les avez pas trouvés, répond Fernando. Diégo qui a tout entendu, sort sur ces entrefaites, et commence à les censurer. „ C'est indigne à vous; ce n'est „ pas ainsi qu'agissent les honnêtes gens!" s'écrie-t-il le visage en feu. „ Eh! eh!" reprit Atkins avec un ris moqueur et en faisant tourner le chapeau de Diégo. „ Le même sort vous „ attend vous autres, si vous ne vous humiliez „ devant nous, et nous rendez les hommages qui „ nous sont dûs." Des outrages trop souvent répétés lassent la patience de l'homme le plus calme. Diégo ne put plus se contenir. Après avoir assez et trop long-temps combattu les sentimens d'honneur qui l'excitoient à repousser l'injure par l'injure, il éclata à la fin, et après avoir fixé pendant quelques minutes le téméraire qui osoit parler ainsi, comme voulant le mesurer des yeux, il avança sur lui, et lui appliqua, avec la paume de la main, un coup si vigoureux sur les oreilles, que l'insolent tomba à terre.

Toby prit là-dessus un des pistolets qu'il portoit à sa ceinture, ajusta Diégo, et le . . . . . . marqua; la balle frisa son oreille, et traversa ses cheveux. Fernando, pour venger son frère, saute sur Toby, le terrasse, et alloit lui brûler la cervelle, lorsque Diégo, revenu de sa colère, arracha le fusil à son frère.

Au même instant, William et Robert arrivent, pleins de la plus juste indignation. Ils sentoient toute la profondeur et l'étendue de leur malheur; privés pour long-temps de leur habibitation, de leur entretien, de toutes leurs ressources; ruinés sans qu'un accident, le hasard ou quelque ennemi en guerre ouverte soit l'auteur de leur ruine; ruinés par des hommes, leurs compatriotes, avec lesquels ils s'étoient proposé de vivre en amis, auxquels jamais ils n'avoient donné le moindre sujet de plainte. Qui oseroit leur imputer comme un crime le sentiment d'une vengeance juste et légitime? Qui appelleroit péché mortel un acte de cette vengeance, exercé sur leurs cruels agresseurs?

Déjà William ajustoit Jack, le seul qui fût encore debout, quand Diégo, entièrement revenu à lui, lui cria: Arrête, mon ami! William obéit.

Diégo fit quelques tours pour reprendre son assiette ordinaire. Il n'y réussit qu'après beaucoup de peine et de combats intérieurs. Tout étoit tranquille, lorsqu'il interrompit le silence par ces mots: „ Il est affreux de voir qu'une „ poignée d'hommes changent le paradis de cet„ te île en enfer! Dieu tout-puissant, que nous „ pourrions être heureux, en jouissant ici de Ta „ protection et de Tes bienfaits! que nous pour„ rions vivre ici contens, au milieu de Tes béné„ dictions! Que nos travaux seroient doux, nos „ fardeaux légers, si nous réunissions nos for„ ces! Dieu de bonté, Tu ne vois rien de tout „ cela! et pourquoi? parce que ces trois mal„ heureux refusent d'être utiles et bons. Mais, „ je vous le jure, à compter de ce jour, il sera „ mis des bornes à votre audace. William, Ro„ bert, Fernando, enlevez-leur les armes à feu „ qu'ils sont indignes de porter; liez-leur les „ mains sur le dos, et suivez-moi avec ces trois „ misérables!"

Atkin ne s'étoit point encore relevé, tant le coup

coup que Diégo lui avoit porté, l'avoit étourdi. On le souleva, on le lia comme les autres, on les entraîna tous trois, et on les enferma dans la petite cave, après leur avoir lié les pieds et les avoir attachés à trois poteaux. Ensuite on les abandonna à leurs cris et à leurs fureurs.

Diégo invita ses amis à l'accompagner dans son habitation, pour concerter avec eux le châtiment et le sort de ses trois prisonniers. Il rassembla tout son monde, jusqu'au frère de sa femme, Azili. „ Que ferons-nous d'eux?" Telle fut la question qu'il proposa à l'assemblée. „ S'ils étoient mes compatriotes, je le ferois fu„ siller sans balancer. Mais ce sont les compa„ triotes d'un homme à qui je dois mon salut, „ d'un homme dont la mémoire me sera toujours „ sacrée. Dieu m'est témoin que si un Anglois „ avoit tué mon fils unique, je pourrois lui par„ donner à cause de mon bienfaiteur. William „ et Robert, prononcez; je mets leur sort en„ tre vos mains; ils sont de votre pays, ils „ vous ont offensés; ils vous ont fait bien du „ mal: jugez-les d'après les lois de votre pa„ trie!"

„ Epargnez-moi, Diégo, répondit Robert „ avec attendrissement; je ne puis être leur ju„ ge. Selon les lois de notre marine, (2) ils „ ont mérité la corde. Jugez-les à notre place."
„ Après tout, reprit Diégo, la chose ne „ presse pas. Il me semble qu'il faut leur lais„ ser

(2) On appelle marine, tout ce qui tient à la navigation, comme p. ex. la construction et l'arrangement intérieur des vaisseaux, la manière de les équiper, de les armer, les usages et les lois qu'une nation a introduits et exercé sur mer, de préférence sur une autre.

„ ser la vie, qui est le seul bien qui leur reste; mais empêchons-les de nous nuire. Sachons en tirer parti. Après les avoir complètement désarmés, forçons-les à rebâtir votre habitation, à replanter vos arbres, votre jardin, à cultiver votre champ, à reprendre vos lamas, en un mot à réparer toutes vos pertes." Cette proposition étoit trop juste pour ne pas être unanimement accueillie. De toute l'assemblée, William continuoit à être le plus triste; il ne pouvoit pas oublier son funeste accident. Pour le distraire, Diégo dirigea la conversation sur le choix qu'il seroit bon de faire d'un meilleur emplacement pour leur habitation; ce qui engagea Robert à raconter aux autres la découverte que lui et son camarade avoient faite la veille. Il fit la description de la belle contrée où ils avoient été conduits par un heureux hasard, et qui avoit tant d'avantages du côté de la sûreté, de la commodité du local, de la fertilité du sol. Il la dépeignit avec tant d'éloquence qu'il fut résolu d'y aller le même soir pour la voir, d'autant plus que les deux Anglois désiroient ardemment de s'y établir. Tout le monde s'y rendit, à l'exception d'Azili qui fut constitué à la garde des prisonniers. On alla d'abord à la demeure dévastée de Robert et de William. On rassembla tout ce qu'on trouva d'épars et qui pouvoit servir encore: on l'apporta dans le fort. Ce travail les occupa jusqu'au soir. Avant de se remettre en marche, Robert et William apportèrent du pain et de l'eau à leurs prisonniers, qu'ils informèrent en même temps de la résolution qu'on avoit prise de leur annoncer dès le lendemain leur sentence. La faim et l'expérience de leur foiblesse les avoit rendus beaucoup plus traitables. Ils convinrent pour la première fois de leurs torts, et demandèrent pardon. Diégo apprit cette nouvelle avec une joie inexprimable ; il se représentoit l'heureux temps où la paix régneroit dans l'île, et s'abandonnant à cette douce espérance, il se mit en chemin avec ses amis, pour aller voir l'endroit que Robert et William lui avoient depeint avec d'aussi belles couleurs.

Ils montèrent les rochers au moment où la lune se levoit. Elle répandoit sa douce lumière sur l'immensité de la mer ; elle reproduisoit son image dans chaque vague tremblante. Les Espagnols ne pouvoient se lasser de contempler et d'admirer cette partie de l'île, jusqu'alors restée inconnue ; tandis que les Anglois leur en faisoient remarquer les beautés en detail. Déjà ils avoient tous pris la résolution de s'y établir ; déjà ils s'entretenoient avec ravissement du tableau de l'avenir qui les y attendoit, quand tout à coup, au milieu de l'océan, ils virent s'élever une flamme claire. Tandis qu'avec surprise ils regardoient de ce côté, sans pouvoir s'expliquer ce phénomène, puisque de ce côté-là, il n'y avoit pas de terre à la distance de plus de cent lieues, ils entendirent le bruit sourd de plusieurs canons déchargés à la fois. Le vent qui souffloit du même côté, apporta ce bruit distinct jusqu'à eux. En même temps la flamme parut monter jusqu'au ciel, et disparut l'instant d'après.

„ Dieu du ciel, s'écria Diégo, voilà un „ vaisseau qui saute ! prends pitié des infortu„ nés qui s'y trouvoient, et, s'ils vivent en„ core, daigne les sauver ! " „ J'en doute," soupira Fernando. „ A moins qu'ils ne se soient „ jetés dans une chaloupe, reprit Diégo. Avi„ sons aux moyens de venir à leur secours."

„ L'es-

„ L'essentiel est, dit Robert, de leur faire connoître que la terre n'est pas loin, et nous allons les en instruire." A ces mots, il allume du feu, l'entretient avec des feuilles sèches, tandis que les autres l'augmentent en y jetant des branches mortes. En peu de minutes une colonne de feu s'éleva dans l'air. „ Voilà tout ce que „ nous pouvons faire pour le moment, dit Ro„ bert. Attendons le reste. Si des malheureux „ ont échappé à l'explosion du vaisseau, ils „ remarqueront la flamme. De notre côté, nous „ veillerons ici toute la nuit. Dieu veuille que ce „ ne soit pas en vain." William ajouta: s'ils ont „ pu se jeter dans la chaloupe, il y a apparence „ qu'ils gagneront terre, car ils ont vent arrière.

„ Allez chez nous, dit Diégo à son frère et „ avertissez nos femmes du motif qui nous ar„ rête ici. Apportez-nous aussi quelques vi„ vres, et imposez à Azili le grand devoir de „ ne pas perdre les prisonniers de vue." Fernando fit hâte; au bout de quelques heures il étoit de retour, chargé de vivres, d'une bouteille de rum, de quelques fusils et d'une lunette d'approche, pour parcourir au loin la mer, et voir si l'on n'apercevoit pas une chaloupe ou une barque. On veilla toute la nuit; on s'attendoit à tout moment à voir ou à entendre quelque chose; le feu étoit soigneusement entretenu; la lune étoit en son plein; on distinguoit chaque vague; on entendoit le chant d'un oiseau et jusqu'au moindre bruit, tant la nuit étoit calme: mais point de barque. Le jour commençoit à poindre, les étoiles pâlissoient, disparoissoient: point de barque. L'inquiétude de ces bonnes gens alloit toujours en augmentant; ils craignoient de se communiquer leurs alarmes:

ils ne savoient plus que penser. Les naufragés n'avoient-ils pas eu le temps de mettre la chaloupe à la mer? ou bien, entraînés par les courans, sans provisions et sans vivres, erroient-ils au milieu de la mer, en attendant que la faim, la plus cruelle des morts, vînt finir leur misère? Diégo et Fernando souffroient plus que les autres; ils se rappeloient leur propre danger, et ce qui augmentoit leur craintes, c'est que le vent avoit tourné vers le matin, et avoit pris une direction tout opposée. Cette dernière circonstance leur prouva à tous qu'il n'y avoit rien à faire de leur côté, et qu'ils ne pouvoient pas empêcher ces infortunés, s'il y en avoit, — de périr.

„ Retournons à nos travaux, dit Diégo; mais „ que deux de nous restent ici en sentinelle, les „ autres se partageront leur ouvrage. Peut-être „ que le jour nous découvrira ce qùe la nuit nous „ a caché. Peut-être sauvons-nous quelqu'un; „ sinon, nous aurons fait notre devoir." Robert et Fernando s'offrirent à rester; les autres retournèrent à leurs occupations. Ceux-là, lorsqu'ils se virent seuls, redoublèrent d'attention; leurs yeux étoient fixés sur la mer. Quelquefois ils croyoient y découvrir quelque chose; mais toujours leur attente étoit trompée. Quand, vers le soir, Diégo et William revinrent, leur premier mot fut: „ N'avez-vous rien découvert?" „ Rien „ au monde." „ Eh bien, cette nuit vous vous „ reposerez, et nous veillerons à notre tour. „ Peut-être serons-nous plus heureux."

La nuit se passa comme la précédente, entre l'espérance et la crainte. Le matin arriva, le vent changea; il vint du côté où la flamme

du

du vaisseau avoit paru. Cependant, rien ne paroissoit, et les deux sentinelles, tristes et découragées, alloient partir, quand William, avec sa lunette, parcourut l'horizon pour la dernière fois et vit quelque chose de blanc qu'éclaircit le soleil levant, et qui ressembloit à une voile. Il jette un cri de joie, il fait voir à son ami ce qu'il vient de découvrir. On examine tour-à-tour l'intéressant phénomène; enfin on voit, à n'en plus douter, que c'est une barque éloignée de plusieurs milles du rivage.

Ces infortunés vivoient, il est vrai, mais ils étoient loin d'être sauvés. Mille dangers les attendoient encore: à cette distance du rivage, ayant des courans à éviter, des écueils à craindre etc. Cependant, Robert ne songea heureusement pas dans ce moment, à tous ces périls. Il redoubla le feu, et jeta beaucoup de feuillage et de bois vert dessus, car il vouloit donner beaucoup de fumée, parcequ'il faisoit grand jour, et la fumée étoit plutôt remarquée que la flamme. „ Maintenant, s'écria-t-il, ils ont vu notre feu. La barque approche; c'est un bon signe. Quand ils seront plus près, je tirerai un coup de fusil, qu'ils pourront entendre.

Enfin, à dix heures du matin, la barque n'étoit plus qu'à deux lieues de l'île. A l'aide de la lunette, on découvroit les hommes. Diégo les voyoit sauvés. Diégo entendoit leurs actions de grâces du plus grand bienfait que l'homme peut accorder à l'homme. Il étoit au comble de la joie, lorsque tout à coup il se rappela les courans (3) qui avoient écartés Robinson et Vendredi si loin de leur île.

La

(3) Les courans sont des espèces de rivières dans la mer qui

La barque avoit à traverser un de ces courans pour aborder, et il étoit à craindre que ces pauvres gens n'eussent le même sort que Robinson. Ce que Diégo savoit parce que Robinson lui avoit raconté ses aventures. Il n'avoit pas oublié la circonstance et le danger du courant. Quand Diégo eut communiqué ses craintes à ses amis, ceux-ci ne purent que les partager. „ Mais „ que faire, demanda Fernando. Je tremble „ à l'idée de voir ces malheureux, touchant „ au moment de se voir sauver, rencontrer ce „ courant, et se voir foibles et épuisés, en- „ traîner bien loin de nous et du port. Comment „ les avertir de ce nouveau danger?"

„ A quelle distance sommes-nous du courant?" demanda Robert avec vivacité. „ A trois quarts „ de lieue environ," répondit Diégo. „ Eh „ bien, en ce cas je me charge de les aver- „ tir," reprit Robert, et avec la rapidité de deux oiseaux, lui et William se précipitèrent dans la plaine. Les Espagnols les suivirent avec surprise des yeux aussi loin qu'ils purent. Au bout d'un petit quart d'heure, ils les virent reparoître dans le petit esquif dont ils s'étoient servis pour leur fuite, et tourner le récif (4).

Les braves Anglois en doublèrent la pointe. Diégo leur cria de prendre garde, les rendit attentifs au danger qu'ils couroient. Nos amis n'écoutoient point, ne consultoient que leur zèle et leurs forces; leur esquif léger voloit avec la ra-

par leur force et leur rapidité entraînent avec elles les barques et les bâtimens, et les font arriver ailleurs qu'au but de leur destination.

(4) On appelle récif ou ressif une chaîne de rochers à fleur d'eau et qui s'étendent au loin dans la mer. On pourroit les appeler un petit cap, ou promontoire.

rapidité d'un oiseau sur la plaine liquide, unie comme un miroir, sans doute pour favoriser cette belle action. Ils arrivent au courant. Les vagues fendoient la mer dans la largeur d'une rivière; la mer immobile des deux côtés, ressembloit à deux rives. Traverser le courant, eût été le comble de la témérité; les Anglois le côtoyèrent, en ne perdant pas de vue la barque qu'ils voyoient distinctement. A la fin, ils s'en approchèrent à la distance d'environ mille pas. Robert avoit pris le porte-voix (5) avec lui, et cria aux gens qui étoient dans la barque de ferler (6) la voile.

Il le falloit, pour que le vent ne les poussât pas dans le courant. On ferla donc la voile. „ Suivez-nous, leur cria Robert, et tenez vous „ toujours nord à notre droite."

Il le faisoit par ce que le courant y étoit plus foible, et qu'il ne pouvoit pas empêcher la barque d'avancer. Robert prit cette direction en deçà du courant; la barque la suivit au-delà. A la fin ils arrivèrent à un endroit où le courant se ralentissoit. Robert eut le courage de le passer, et joignit la barque. Il trouva vingt-six personnes que la faim avoit réduites à la dernière extrémité, et qui avoient à peine la force de tenir les rames. „ Qui êtes-vous," leur cria William. Un homme, à moitié mort de fatigue et d'épuisement, assis sur la poupe avec sa

(5) Un instrument en forme de trompette, ou d'entonnoir, pour porter la voix au loin. L'intérieur du cylindre est composé de canaux en spirale, à-peu-près construits comme l'intérieur de l'oreille. En appliquant sa bouche de l'embouchure du tube, et en prononçant distinctement ce qu'on veut faire entendre de loin, la voix se renforce, en passant par ces canaux, au point qu'à la distance d'une lieue, on peut vous entendre distinctement.

(6) Ce mot signifie baisser.

sa femme et deux charmans enfans, de dix à douze ans, prit la parole, et dit, d'une voix tremblante : „ nous sommes Espagnols. Voilà „ mes soldats. Je suis leur capitaine, et voici „ ma famille. Dieu vous récompense selon vó„ tre mérite ; nous sommes incapables de le „ faire ; nous le sommes même de vous expri„ mer une partie de notre reconnoissance." William voyant ces pauvres gens mourant de faim, voulut leur donner toute la provision de biscuit et de rum qu'il avoit apportée ; mais Robert l'en empêcha, et distribua à chacun un petit morceau de biscuit trempé dans du rum.

Robert attacha son esquif à la barque, entra avec William dans le bâtiment des Espagnols, déploya la voile, se plaça près du gouvernail, et arriva en peu de temps au rivage avec ceux qu'il venoit de sauver.

Dès qu'ils furent à terre, ils tombèrent à genoux, et rendirent grâces à la providence de leur conservation miraculeuse. Nos braves insulaires les contemploient en silence, et leurs larmes couloient. Ils sentoient toute la force du terme, d'être le sauveur d'un homme. Les étrangers, après avoir fini leur prière, se levèrent, et Diégo, allant à leur rencontre, leur dit: „ soyez „ mille fois les bienvenus, mes pays!" Il savoit que c'étoient ses compatriotes par ce qu'ils l'avoient dit à Robert et William en arrivant. Le capitaine approcha avec sa femme et ses deux enfans. Que vos coeurs essayent d'exprimer les remercîmens qu'il fit à ses libérateurs. „ Amis, „ continua-t-il, pardonnez-moi ma prière, don„ nez à manger à ma femme et à mes enfans. „ C'est aujourd'hui le troisième jour que nous „ passons à jeun. Mes braves soldats et moi,

„ nous nous trouvons dans le même état. Ayez
„ pitié de nous."

„ Nous avons prévu tout cela, répondit Dié-
„ go. Venez, mes amis."

Dès que la barque avoit touché la terre, Robert s'étoit empressé de lui dire : donnons à manger à ces pauvres gens ! et Fernando avoit couru au fort pour tuer un lama et cuire une bonne soupe au riz pour les naufragés. Diégo n'avoit pour le moment que quelques biscuits et trois bouteilles de vin à leur distribuer. Mais que ce peu d'alimens fit revivre ces bonnes gens ! Comme ils se sentirent fortifiés, après une abstinence de deux jours et au-delà, et après avoir consumé le reste de leurs forces dans des travaux pénibles et continuels ! Ils se remirent, comme une fleur fanée par l'ardeur du soleil, est rafraîchie par une pluie bienfaisante. Les enfans revinrent les premiers. Avec une satisfaction qu'il ne pouvoit s'expliquer à lui-même, Diégo contemploit ces deux jeunes enfans, qui ne savoient comment exprimer à leur bienfaiteur toute leur reconnoissance. Ils l'accabloient de questions, au point de s'emparer entièrement de lui. Tout d'un coup, l'aîné lui demanda son nom de famille. Diégo s'étant nommé, l'enfant courut à son père, et plein de joie lui dit : „ cet
„ homme qui me caresse tant, s'appelle comme
„ notre oncle dont il y a si long-temps que nous
„ n'avons eu de nouvelles ! Venez, papa, inter-
„ rogez-le vous-même ! Le capitaine stupéfait,
„ lui dit : à quoi pensez-vous, Pedro ! Etes-
„ vous fou ?" „ Point du tout, répondit l'en-
„ fant ; venez, et vous l'entendrez !" Le capitaine s'approche, saisi d'émotion. Diégo s'approche de son côté. Votre nom ? votre

pa-

patrie ? s'écrie le capitaine. Diégo se nomme, et son espoir ne fut point trompé.

Diégo se précipite dans les bras de son frère aîné, que de huit années il n'avoit point vu. Muets tous les deux, leurs larmes coulent en abondance; celles des assistans se confondent avec elles. A la fin, au milieu de cette scène touchante, le capitaine s'écrie: „ Ah si Fernando étoit ici!"

Diégo voulut lui ménager et au capitaine, et à soi-même, un nouveau sujet de joie, et défendit tout bas aux Anglois de prononcer le nom de Fernando. Tout le monde prit le chemin du fort. Fernando les attendoit à l'entrée du pont-levis. Des tables, des siéges étoient dressés sur le gazon; les deux femmes et Azili servoient les plats et le vin. Diégo, prenant son frère par la main, lui dit: „ Ne vouliez-vous pas voir Fernando ? le voilà!"

Il est impossible de décrire la joie de cette famille; elle surpasse toute expression. S'embrasser, se presser contre leur coeur palpitant, garder le silence, repandre des pleurs, rendre grâces au ciel de cette heureuse rencontre; tout cela pouvoit se voir, peut se décrire; mais leurs sentimens intérieurs sont indicibles. Ajoutez à tout cela la joie de la femme du capitaine, de ses enfans. Celle-là exprimoit avec ferveur à Dieu sa reconnoissance de cette heureuse issue de leurs maux; ceux-ci, Pietro et Carlos, manifestoient leur ravissement par des gestes et des exclamations conformes à leur âge. Les femmes de Diégo et de Fernando n'étoient pas indifférentes à cet événement inattendu. Azili ressentoit une joie mélée de surprise. L'ensemble formoit une scène de bonheur et d'attendrissement, qui

qui compensoit toutes leurs peines passées. Les naufragés, quoiqu'étrangers à cette reconnoissance, quoique rendus de faim et de fatigues, oublioient le manger et le boire. Ils voyoient des heureux, et cette vue les rendoit heureux eux-mêmes, et l'emportoit sur leurs besoins les plus pressans.

Imaginez vous la joie de Robert et de William, qui avoient le plus contribué à les sauver; mais, loin de se livrer exclusivement à ce sentiment naturel, ils continuoient leurs bienfaits, ils songeoient à la subsistance de leurs hôtes, ils en avertirent Diego. „ Pardonnez, s'écria „ celui-ci, pardonnez-moi d'avoir pu vous ou„ blier un instant. Mais comment ne pas tout „ oublier, jusqu'à soi-même, dans un concours „ d'événemens aussi extraordinaires! Reposez„ vous; on va vous donner à manger." Diégo lui-même fit les honneurs. Chacun des Espagnols reçut d'abord une petite écuelle de soupe très-mince.

C'étoit précisément dans l'état où ils étoient qu'il leur falloit peu de nourriture d'abord. Le plus grand bien qu'on pouvoit leur faire, étoit de les rassasier petit à petit. Si dès le commencement, Diégo leur avoit permis de consulter et de suivre leur appétit, une mort subite, ou du moins de violentes douleurs et une maladie longue et cruelle en auroit été la suite. Il empêcha le mal, en leur faisant éviter l'excès. Leur estomac s'accoutuma peu à peu à remplir ses fonctions. Il leur donna à chacun un verre de vin, et une heure après un morceau de lama rôti, suivi d'un second, d'un troisième. Le chirurgien du vaisseau naufragé lui avoit appris lui-même à suivre ce procédé salutaire. Tous s'en trouvèrent bien, et en surent gré à Diégo et au chirurgien.

Après avoir mangé, le Capitaine racontoit comment il étoit venu dans ces mers et ensuite les trois frères se firent le récit des événemens de leur vie depuis leur séparation. Alonzo, (c'est le nom du capitaine) raconte le premier ses aventures. Il étoit capitaine au service d'Espagne, en garnison dans un port de mer; et sa destination principale étoit d'escorter evec son monde les vaisseaux marchands (*) qui voguoient sous convoi.

Alonzo, avec sa compagnie, avoit monté un de ces vaisseaux, pour convoyer une riche flotte marchande. Après avoir rempli sa commission avec succès, il étoit en route pour s'en retourner chez lui, quand, le sixième jour de traversée, l'inadvertence d'un mousse mit le feu à la poupe de son vaisseau. Le pilote qui s'en aperçut d'abord, en avertit l'équipage; les secours les plus prompts furent administrés; ils l'auroient été avec succès, si, par malheur, quelques étincelles n'eussent pénétré entre les deux revêtemens du pont, où les pompes à feu n'atteignent point. Ce feu caché gagna peu-à-peu les poutres voisines et bientôt tout fut en flammes. L'équipage perdit tout courage, et n'espé-

(*) On appelle vaisseaux marchands, tous les bâtimens qui servent à transporter par eau, ce que, par terre, les chariots de voituriers chargent, c'est-à-dire, les marchandises de toute espèce, en tonneaux et en ballots. Plusieurs vaisseaux marchands composent une flotte marchande. Ces vaisseaux ne sont pas armés de canons ni de soldats; ils ne sont, en général, pas armés en guerre ni disposés pour le combat, comme les vaisseaux de ligne ou de guerre. En temps de guerre, ou quand il faut traverser des mers inquiétées par des pirates, le gouvernement les fait suivre et protéger par des vaisseaux de guerre, qui portent un nombre suffisant de canons et de soldats pour les défendre contre l'ennemi.

n'espérant plus qu'en la fuite, se jeta dans les barques et dans les chaloupes. A peine Alonzo, sa famille et ses soldats purent en obtenir une pour eux. Le capitaine fut le dernier qui la monta, lorsqu'il vit que toute espérance étoit vaine. Son monde, pressé de se sauver, avoit pris des armes, et n'avoit pas pris des vivres. Le feu ayant échauffé les canons chargés, il s'en fit une décharge terrible, au moment où Alonzo et les siens s'éloignoient du vaisseau. Heureusement pour eux qu'ayant le vent favorable, ils étoient hors de sa portée quand il sauta au bout de quelques minutes, lorsque le feu eût pris aux poudres. Leur unique espérance consistoit dans la possibilité d'arriver, le même jour, à la côte d'Amérique. Ils voyoient de ce côté, et toujours à la même place un feu clair, qui leur prouvoit, et que la côte étoit voisine, et qu'elle étoit habitée; mais à leur grand désespoir, le vent tourna, et les éloignant du feu, les rechassa dans l'océan. Avec la flamme disparut aussi pour eux tout espoir de salut. Il ne leur restoit que celui de rencontrer un vaisseau, qui les recueilleroit. Mais aucun navire ne se montroit; ils ne voyoient que la mort devant eux. Mourir de faim ou dans les flots, c'étoit l'horrible alternative qui s'offroit à leurs yeux. Ils ne trouvoient nulle part ni consolation ni secours; et au milieu de ces horribles réflexions s'écoula tout le lendemain. La dernière étincelle de forces et de courage étoit éteinte, et leur perte assurée, quand le vent changea encore, et venant de l'est, les poussa à force vers la côte. Ils revirent le feu, qui semblable à un astre sur l'horizon, leur indiquoit la route qu'il falloit suivre, pour être sauvés.

 Les

Les soldats espagnols étoient de braves gens; du moins leur capitaine leur rendoit-il meilleur témoignage, et la suite prouvera qu'il ne se trompoit point. Ils étoient fidèles, obéissans, ennemis de l'oisiveté, sobres et pacifiques. Ces vertus sont doublement méritoires dans l'état militaire. — Il ne pouvoit être question, pour le moment, de retourner dans leur patrie. Il ne falloit pas y penser, tant qu'ils n'avoient que la petite barque dans la quelle ils s'étoient sauvés et qui étoit trop foiblement construite pour une aussi longue traversée. — Il se forma bientôt une amitié intime entre les Espagnols et les deux Anglois Robert et William; elle étoit d'autant plus sincère que d'un côté la reconnoissance, et de l'autre un bon naturel et le plaisir de rendre service en resserroient les noeuds. Diégo s'aperçut avec joie de cette intimité naissante. Il demanda à son frère, s'il croyoit que ses gens s'établiroient dans l'île, en coopérant au bien commun et en travaillant de concert avec le reste de la colonie? Alonzo répondit: „J'en „ suis convaincu. Ils n'ont rien à perdre dans „ leur patrie, et ne fût-ce que jusqu'au mo„ ment où ils trouveront l'occasion d'y retour„ ner, je les garantis bons et braves colons."

„Je dois vous dire encore, ajouta Alonzo, „ pour augmenter votre joie, que presque tous „ mes soldats ont appris quelque métier ou quel„ que art, et qu'ils vous rendront, sous ce „ point de vue, de grands services".

Diégo fut charmé d'apprendre cette bonne nouvelle. Il pria son frère de sonder son monde sur leur nouvel établissement. Cela n'étoit nullement nécessaire. Des personnes bien sensées se rencontrent souvent à moitié chemin dans

leurs

leurs idées. Les Espagnols, de leur côté, avoient songé à la même chose. Robert et William, dans leurs entretiens familiers, leur avoient dépeint l'arrangement et la constitution de leur île, leur avoient en même temps fait la description du bonheur et de la tranquillité dont ils jouissoient, et dont ils les rendroient participans, s'ils vouloient partager leur sort. Les Espagnols étoient peut-être las de servir. La vie douce et paisible de cette petite colonie avoit de trop grands attraits pour ne pas leur paroître mille fois préférable à la vie errante, qu'ils menoient sur les mers. En un mot, ils prirent la résolution de rester dans l'île, et de prier le gouverneur de les admettre au nombre de ses sujets. Au moment où Alonzo alloit leur communiquer l'intention et le voeu de son frère, les vingt soldats à la fois demandèrent à lui parler. Ils lui proposèrent leur demande en peu de mots; et s'offrirent à s'engager par les sermens les plus solennels, à se conduire de manière à ne jamais faire repentir Diégo de leur avoir permis de s'établir dans l'île. Diégo, à son tour, leur apprit que leur voeu étoit le sien, et qu'il s'étoit entretenu d'eux avec son frère. De son côté, il leur promit d'avoir pour eux les sentiments d'un père. De cette manière se conclut un traité solennel, et Diégo partagea la joie des Espagnols. Ensuite, il songea à ses prisonniers. Ceux-ci étoient toujours enfermés, sans avoir rien appris de l'arrivée des nouveaux-venus. Diégo avoit expressément ordonné qu'on ne leur en dit pas le mot. Maintenant il commanda que tous les Espagnols se rangeassent en armes sur l'esplanade devant le fort. Ensuite, il détacha Robert, William et son

son frère Fernando pour aller chercher les prisonniers. Ceux-ci s'effrayèrent quand on les vint prendre; mais qui entreprendra de peindre leur épouvante, lorsqu'ils virent une file de vingt soldats espagnols, la baïonnette au bout du fusil!

Ils avoient encore leurs fers. Diégo ordonna de les leur ôter, détailla leur crime aux Espagnols, fit sentir aux prisonniers la grandeur du châtiment qu'ils avoient mérité, et se contenta de leur infliger la punition legère de ne plus porter à l'avenir ni armes à feu ni arme blanche, et de réparer par le travail assidu de leurs mains tout le dommage qu'ils avoient causé à leurs braves compatriotes. Ils voulurent répliquer et se défendre, mais Diégo fut inébranlable, et la sentence resta irrévocablement prononcée. Il ne leur resta d'autre parti à prendre que de se soumettre à leur sort, et de commencer leur ouvrage dès le même jour. Mais hélas! des crimes et des désordres enracinés sont difficiles à extirper. Les trois Anglois en firent la triste expérience. Accoutumés à l'oisiveté et à une vie vagabonde, le travail leur étoit en horreur. Dès le troisième jour ils quittèrent l'ouvrage, et s'enfoncèrent dans la forêt. Les insensés! Ils n'avoient pas réfléchi à leur état de destitution totale. Sans poudre, sans plomb, sans armes à feu, comment pouvoient-ils se nourrir dans l'île, ou comment pouvoient-ils se sauver? D'ailleurs toutes les précautions étoient prises qu'ils ne pourroient se rendre maître des barques, car Diégo les avoit fait mettre en lieu de sûreté. A la fin, ce que des exhortations sages et raisonnables n'avoient pu opérer, la faim l'opéra. Ils résistèrent pendant cinq jours; au sixième, ils

se

se présentèrent devant le fort, foibles et exténués d'inanition. Ils demandèrent à parler au gouverneur. Diégo arriva. Atkins, naguères le plus hardi et le plus insolent des trois, fut le premier qui reconnut son tort, qui en demanda sincèrement pardon, qui promit de se corriger et de mener une vie réglée. Tous s'engagèrent à recommencer tout de suite leur ouvrage, pourvu qu'on restaurât leurs forces, et à ne plus donner lieu à de nouvelles plaintes. Ils protestèrent qu'à l'avenir le gouverneur aussi bien que la colonie toute entière seroient contens de leur conduite. Diégo qui avoit un excellent coeur et le penchant à pardonner, leur pardonna encore une fois. Toute la colonie fut de son avis. On les reçut comme des frères. Diégo avoit en attendant conçu un plan plus étendu, et convoqua toute la colonie pour le lendemain, afin d'en prendre connoissance. Personne ne savoit son projet; tout ce qu'on savoit, c'est qu'il lui tenoit extrêmement à coeur. Le lendemain, après avoir achevé l'ouvrage de la journée, tout le monde devoit se rendre à l'entrée du fort.

Tous les colons arrivèrent plein d'attente; on pouvoit à peine modérer son impatience, et voir arriver le moment où Diégo dévoileroit son plan. L'assemblée étoit complète, quelques minutes s'écoulèrent encore, lorsque Diégo, tenant son frère Alonzo par la main, sortit de la porte du fort. Il avoit un air plus grave, plus sérieux qu'hier; on voyoit à sa mine qu'il avoit sur le coeur quelque chose de très-important.

Il se fit un grand silence. Il parcourut des yeux l'assemblée. „ Mes frères," dit-il, „ jusqu'à présent j'ai été votre chef, Robinson,

 no-

notre commun bienfaiteur m'a remis, avec son île, le commandement de ceux qui l'habitent; vous fûtes contens de cet arrangement; vous me jurâtes fidélité; vous avez accompli votre serment. Je sais que c'est uniquement par reconnoissance pour votre bienfaiteur et par amitié pour moi que vous en avez usé de cette manière; je ne puis assez me glorifier des marques de votre affection; mais je sais aussi d'avance que vous m'accorderez une prière, à laquelle nous gagnons tous. Dès ce moment, je me démets de mon autorité sur vous." A ces mots, tout le monde le regarda avec étonnement. ,, Je remets, continua Diégo, mon pouvoir entre les mains de mon bon frère Alonzo. Qu'il soit, dès ce moment, notre commun chef. Quant à moi, qui suis peu au fait du soin d'en gouverner plusieurs, permettez-moi de rentrer avec vous dans la classe des sujets. Rendez-moi ma liberté, en me déchargeant du fardeau du commandement; rendez-moi heureux en m'accordant ma prière"

Tout le monde se taisoit. Tout le monde, ému, contemploit tour-à-tour Diégo et son frère. Alonzo avoit ignoré la résolution de Diégo comme les autres; et la proposition de son frère l'étonna comme le reste de l'assemblée.

Diégo étoit un honnête homme d'un caractère simple et sans reproche. Mais avoit-il assez de lumières et de connoissances pour gouverner un certain nombre d'étrangers dont la colonie s'enrichissoit? avoit-il le courage, la force, la fermeté nécessaire pour se maintenir dans ce poste élevé? pouvoit-il conduire jusqu'au bout et avec l'énergie suffisante les plans qu'il avoit conçus? voilà le point principal.

Il

Il se connoissoit, il connoissoit son foible; assez honnête pour le s'avouer à lui-même; assez modeste pour chercher à se soutenir dans un poste pour lequel il ne se croyoit pas fait.

Diégo remarqua, après avoit fait cette proposition, que tous les yeux étoient fixés sur lui en silence. „ Comment m'expliquer ce silence, mes amis? leur dit-il. Lui donnerai-je une interprétation favorable? y verrai-je la preuve de votre consentement? ou sert-il à blâmer, de votre part, une démarche que je trouve si nécessaire pour votre bonheur et pour le mien?" William et Robert s'approchèrent de Diégo. „ Vous nous avez témoigné trop de bonté et d'amitié, pour ne pas nous rappeler vivement dans ce moment tout ce que vous avez été pour nous. Dieu nous est témoin, que nous voudrions tous vous conserver pour chef, et pour gouverneur; s'il vous est possible, continuez à l'être. Vous voyez ici une troupe de braves gens; nous sommes tous bons, tous disposés à vous décharger d'une partie de votre fardeau, à partager vos soins, vos sollicitudes avec vous. Comptez sur notre amour, sur notre obéissance, sur notre concours à vous soulager!"

Diégo renouvella sa prière qu'il renforça par de nouveaux motifs. „ Eh bien, reprit Robert, si votre repos en dépend, nous y consentons de tout notre coeur, et surtout par la raison que vous conférez à votre frère, le poste que vous quittez. Qu'il soit notre gouverneur, qu'il le soit long-temps, et que le bonheur accompagne ses pas! Nous sommes les premiers à lui rendre hommage; cette main que nous lui tendons, est pour nous un serment

 so-

solennel; nous lui promettons obéissance à lui et union entre nous. Nous répandrons jusqu'à la dernière goutte de notre sang pour le bien de la colonie!" En même temps ils s'approchèrent d'Alonzo avec respect; d'Alonzo, qui se tenoit à l'écart tout ému. Son coeur étoit trop plein des sentimens qui l'agitoient; la main que les braves Anglois lui offroient, leur maintien respectueux, leur émotion, les larmes qu'ils s'efforçoient envain de cacher, tout garantissoit à Alonzo qu'ils rempliroient scrupuleusement leur promesse.

Il prit la parole. „ Eh bien, dit-il, j'accepte le poste que vous m'offrez. C'est vous qui m'en investissez, et c'est pour moi un signe assuré que le ciel bénira ma résolution, puisque vous deux, Robert et William, vous qui m'avez sauvé la vie à moi, aux miens, à mes braves soldats, êtes les premiers qui me portez des paroles de félicitation. Je vous rends grâces de votre confiance; je n'abuserai jamais par ma faute de l'honneur que vous me destinez. Je vous offre ma main à mon tour; qu'elle vous tienne lieu de mes sermens; qu'elle vous soit le garant de mon amitié et des soins que je vous donnerai!"

Toute l'assemblée suivit l'exemple des deux Anglois, et rendit hommage au nouveau gouverneur. Ce jour fut pour la colonie un jour de réjouissance universelle. On tua quelques lamas, on se procura des tortues et des poissons, et la joie réunit à la même table tous les habitans de l'île.

Dès le lendemain, Alonzo prit de nouveaux arrangemens qui tendoient à des améliorations qu'il jugeoit nécessaires. Il étoit tout simple que la colonie, composée désormais de trente-

six

six têtes, ne pouvoit plus être gouvernée de la manière dont elle l'avoit été, tant qu'elle ne comptoit que dix individus. D'un côté, les besoins avoient augmenté; de l'autre côté, il n'y avoit plus de bras pour y subvenir. Alonzo adopta le principe que tout homme raisonnable et sensé suit en commençant une entreprise; il compara l'entreprise avec les forces qu'il pouvoit y employer. Le bien de la colonie, sa prospérité, voilà le but qu'il se proposoit; les sujets de la colonie étoient les moyens et les forces qu'il avoit en main pour y parvenir. Il commença par étudier et par connoître son monde; il rassembla toute la colonie; et assigna à chacun des membres qui la composoient, son cercle d'activité, où il pouvoit être de la plus grande utilité. Il se trouva heureusement parmi ses soldats les métiers dont on avoit le plus pressant besoin, et dont on ne pouvoit se passer; savoir, deux charpentiers, deux maçons, un forgeron, un menuisier, deux jardiniers, un tailleur, un cordonnier et un tisserand. Quelle fut la joie d'Alonzo quand il eut découvert ces ouvriers utiles, et quand ils lui eurent assuré qu'ils savoient leur métier à fond! Ensuite, il choisit ceux qui ne s'étoient appliqués qu'à l'agriculture, et enfin, ceux qui n'avoient appris aucun métier. La dernière classe étoit composée d'Atkins, de Jack, de Toby et de trois soldats espagnols.

Alonzo leur déclara nettement qu'il ne pouvoit tolérer dans l'île aucun homme oisif et désoeuvré. Il leur déclara que quiconque d'eux n'emploieroit pas ses forces au bien commun de la colonie, en seroit banni; qu'on l'exposeroit dans un bateau sur l'océan, pour qu'il aille chercher

le

le pays où l'oisiveté auroit établi son empire. Il leur déclara qu'il ne pardonneroit pas la moindre résistance à la loi. Pour prévenir ces deux vices, la paresse et la dèsobéissance, il proposa aux six membres de la colonie ce que je viens d'indiquer, de former une espèce de milice, et de veiller à la sûreté de l'île. Tous les jours, à tour de rôle, deux d'entr'eux devoient en parcourir armés une partie, pendant que les quatre autres employeroient leur loisir à apprendre un métier, ou du moins à servir de manoeuvres pour tirer les pierres des carrières, pour couper du bois, pour aider au labourage ou à la construction des habitations. Les deux soldats de garde devoient commencer leur course au lever du soleil, la continuer jusqu'à huit heures, se reposer jusqu'à quatre heures du soir, et la reprendre jusqu'à la nuit tombante. Ils étoient tenus d'annoncer au gouverneur tout ce qui pouvoit donner lieu à des mesures de précautions, l'arrivée des sauvages etc.

Le bas-officier de la compagnie d'Alonzo fut nommé commandant de cette milice. C'étoit à lui d'arranger la marche de chaque jour et de chaque semaine; de voir si tout étoit en ordre, et d'exercer tous les huit jours son monde à tirer du fusil.

Alonzo envisagea comme un premier devoir, celui de connoître à fond le pays qu'il venoit d'acquérir, afin de choisir un lieu d'habitation plus sûr et plus commode. Jusques là on avoit demeuré au hazard et séparément, ce qui n'étoit pas sans inconvénient ni sans danger. On ne pouvoit pas s'entr'aider, ni s'entre-secourir aussi vîte qu'on l'auroit désiré. Alonzo conçut le plan de bâtir une petite ville qui renfermeroit

roit et réuniroit tous les colons. Il falloit trouver pour cet effet, un emplacement favorable; et dès le lendemain il se mit en marche avec Diégo, Robert et son fils ainé. Robert conduisit à dessein la troupe dans le vallon qu'il avoit trouvé si délicieux, et vit avec plaisir qu'Alonzo jugea cette contrée comme très-propre à y tracer le plan de sa ville. Il y avoit, comme je l'ai dit plus haut, une plaine d'une lieue de longueur sur autant de largeur. Le sol étoit très-fertile; plusieurs ruisseaux se rendoient en serpentant à la mer, sur laquelle on avoit une vue ravissante. Au milieu de la plaine s'élevoit une petite colline ronde, qui, ainsi que le reste étoit d'un terroir noir et fertile, et d'où la vue plongeoit sur les environs. La plaine étoit environnée de trois côtés par des montagnes couvertes de bois et par des rochers. Cette contrée que dans ses papiers Robinson avoit jugée être la plus délicieuse de l'île, ravit Alonzo. „ Pourquoi en chercher „ inutilement d'autres, s'écria-t-il, tandis que „ celle-ci l'emporte sur toutes ensemble! C'est „ ici que nous placerons le chef-lieu de la co„ lonie; le sol rendra avec abondance; les champs, „ les jardins surpasseront l'attente du cultivateur; „ nous avons la mer devant nous; les rochers, „ les montagnes nous mettent à couvert des „ surprises et de l'attaque des sauvages." La troupe retourna au logis pour communiquer cette heureuse découverte au reste de la colonie; et encore le même jour, on chargea dix lamas des tentes et des vivres nécessaires, pour les y transporter. Alonzo, qui étoit un habile ingénieur, traça le plan de la nouvelle ville. Cette ville (n'allez pas, au reste, vous moquer de

ce

ce nom que je donne à six maisons), cette ville, dis-je, devoit former un carré, au milieu duquel se trouveroit la colline. Six grands bâtimens, chacun d'un étage devoient la composer. L'un devoit servir d'habitation au gouverneur et à sa famille; deux maisons semblables seroient pour les Espagnols, et une pour les Anglois. Il y auroit un grand magasin pour les vivres; les ustensiles, les matériaux, la poudre et autres besoins. La dernière maison étoit destinée à être l'attelier des charpentiers, forgerons, etc. Derrière chaque maison il y auroit cour et jardin. La colline seroit transformée en petit fort, et on vouloit élever autour de ces habitations un rempart avec des bastions, et l'environner d'un fossé large et palissadé, qu'on passeroit sur un pont-levis. La citadelle devoit être un fortin (*) de bois carré, au milieu duquel se trouveroit la cour. Autour de ce fortin de bois il y auroit un second fossé et un pont-levis, et le reste de la colline seroit rendu tellement escarpé qu'on n'y monteroit que par un seul chemin. La partie du fortin, ayant vue sur ce chemin, seroit destinée à une espèce de corps-de-garde.

La belle plaine environnante devoit être divisée en jardins et en champs et distribuée aux colons pour être cultivée; à une demi-lieue de la ville, on planteroit une forêt, qui s'étendroit dans

(*) Une maison dont les parois consistent en poutres équarries, posées les unes sur les autres, et affermies les unes dans les autres par les deux bouts. Du reste, cette maison est sans fenêtres, de la hauteur d'un étage ordinaire. Au lieu de toit, elle est couverte de poutres posées les unes à côté des autres, et recouverte de terre ou de décombres à l'épaisseur de trois ou quatre pieds. On remédie au peu de lumière, en pratiquant des embrasures ou des canonnières, c'est-à-dire des ouvertures par lesquelles il entre un jour suffisant.

dans un cercle immense autour de ses champs et de ces jardins, ainsi que tout autour de la ville. Alonzo avoit fait le dessin de toutes ces fabriques nouvelles; il le présenta à la colonie rassemblée, et déclara en même temps que l'ouvrage se multiplieroit au décuple; que chacun auroit infinement à travailler, mais qu'il seroit le premier à donner l'exemple aux autres. Tous s'engagèrent à se charger de la portion d'ouvrage qui leur seroit assignée, parce que chacun voyoit clairement qu'il travailleroit pour son propre intérêt, et que, plus il seroit laborieux, plus son avantage iroit croissant. Alonzo satisfait de ces bonnes dispositions, commença dès le même jour à tracer le rempart et le fossé, parce qu'il falloit commencer par là.

Alonzo vouloit commencer par aligner et assurer la place d'autant plus que c'étoit dans cette partie de l'île que les sauvages avoient coutume d'aborder. S'ils avoient remarqué que l'île fût habitée, ce qu'ils pouvoient découvrir d'un jour à l'autre, il étoit à craindre qu'ils arriveroient en si grand nombre, que les colons ne pourroient leur opposer une résistance suffisante. Rien donc de plus nécessaire que de se retrancher dans un emplacement fortifié, pour pouvoir, derrière ses fossés et ses remparts, repousser l'ennemi.

Dès que le rempart fut tracé, l'ouvrage commença. Tout le monde s'arma de rateaux, de pics, ou de brouettes; et que ne peuvent les efforts réunis de plusieurs hommes concourant au même but. Au bout de trois semaines, le rempart étoit sorti de terre, comme par un coup de baguette enchantée. En peu de jours il étoit vert, et faisoit plaisir à voir. Dès lors,

les

les charpentiers eurent ordre de couper et d'équarrir le bois pour le fortin et le pont-levis; cet ouvrage avança tout aussi rapidement; dans l'espace d'un mois le fortin et le pont furent achevés. On établit dans le fortin un magazin de bois de construction et des autres matériaux nécessaires pour bâtir. Ensuite on assigna à chacun des colons sa portion d'ouvrage particulier. On traça l'emplacement des maisons, les bornes des jardins et des cours; le jardinier instruisit quelques-uns de ses camarades dans l'art du jardinage; les maçons construisirent un four à briques; le forgeron prépara les souflets et la forge; en un mot, toute la colonie étoit en pleine activité. L'ouvrage avançoit d'une manière si inconcevable que ceux qui le faisoient en étoient les premiers étonnés. On vit ce que peuvent les forces humaines, ce que produit l'union et la concorde.

Au milieu de tous ces travaux et de ces occupations diverses s'écoulèrent plusieurs mois, sans qu'aucun membre de la colonie suscitât le moindre désagrément à son nouveau gouverneur. Atkins, Jack et Toby étoient devenus bons soldats. D'un côté, ils savoient que plus ils se conduiroient bien, mieux ils seroient traités; et d'un autre côté, l'autorité d'Alonzo et ses lois sévères les détournoient de mainte folie dont ils auroient pu se rendre coupables. Ils remplissoient fidèlement ce que leur poste exigeoit d'eux. Quand ils étoient de garde, ils parcouroient l'île toute entière, et soignoient en passant les lamas apprivoisés qu'on laissoit paître librement dans un enclos près de l'ancienne habitation. Cependant Alonzo ne leur accordoit pas une confiance sans bornes. Il savoit que

que c'étoient des têtes chaudes, des hommes violens et emportés, qui prenoient feu à la moindre occasion ; en leur dénonçant de sévères châtimens en cas d'indiscipline, il avoit inspiré à leurs camarades une juste défiance à leur égard. Son intention étoit son excuse ; il savoit que la colonie ne prospéreroit que par la paix et la concorde.

Jusqu'à présent tout le monde demeuroit encore dans leurs anciennes habitations. Les Espagnols dans le fort de Robinson, Robert et William dans une petite cabane qu'ils avoient construite, et Atkins, Jack et Toby dans leur cabane à côté de la cave. On attendoit avec impatience le moment, où l'on pourroit commencer à habiter les nouvelles maisons. On redoubloit d'ardeur pour l'ouvrage, sans négliger néanmoins le travail des champs qui assuroit la subsistance de la colonie. Ces occupations multipliées retardoient le moment tant désiré. Tous les soirs les ouvriers retournoient chez eux. Deux de la milice restoient chaque nuit dans le fortin, et tiroient le pont-levis après eux.

Il arriva qu'une nuit le gouverneur ne put s'endormir. Il se portoit bien, il avoit pris beaucoup d'exercice pendant la journée, et malgré cela il lui fut impossible de fermer l'oeil. Inquiet il s'agitoit sur sa couche ; fermoit-il les paupières pour s'endormir, il croyoit voir des hommes qui s'entr'égorgeoient. Son inquiétude alloit si fort en augmentant qu'il lui fut impossible de rester plus long temps couché. Il se leva, et sortit du fort. L'air étoit serein, la nuit tranquille et calme ; à travers les arbres on appercevoit les étoiles. Alonzo ne vit et n'entendit rien qui eût pu justifier ou expliquer ses alarmes. Il retourna sur sa couche ; sa lampe brû-

 loit

loit sur la table, il voyoit tous ses compatriotes dormir d'un profond sommeil. Le bruit qu'il fit en se récouchant, éveilla quelques-uns des Espagnols. „ Qui va là?" s'écria Diégo, et se redressa sur son séant.

„ C'est moi," répondit le gouverneur. „ Je „ ne sais ce qui m'arrive," continua-t-il. „ Le „ sommeil fuit mes paupières. J'ai l'inquiétude „ d'un homme qui auroit commis un meurtre. Je „ crois voir des centaines de combattans qui „ s'entr'égorgent."

Diégo reprit: „ Ce n'est rien. Vous vous „ êtes sans doute échauffé aujourd'hui à travail„ ler, ou bien c'est un peu de fièvre et d'agi„ tation qui passera bientôt."

„ Non, non," répliqua Alonzo, „ ce n'est „ pas cela. Dieu veuille que nous ne soyons „ pas exposés à quelque grand malheur!"

L'entretien avoit réveillé les autres. „ Les „ Anglois," reprit Alonzo, „ se livreroient-ils „ un combat? Où sont-ils?" demanda-t-il au bas-officier.

„ Atkins et Toby ont fait la ronde," répondit-il; „ tout est tranquille, à ce qu'ils ont „ rapporté! Jack, ainsi que Robert et William „ sont chez eux."

„ En ce cas," dit Fernando, „ je commence „ à craindre. Je ne suis rien moins que super„ stitieux, mais je sais des exemples qui prou„ vent que souvent notre âme, par une inqui„ étude extraordinaire, nous présage d'avance „ d'une manière inexplicable des malheurs inat„ tendus."

„ Nous voici éveillés," continua Fernando; „ montons sur la colline, nous y découvrirons „ peut-être quelque chose d'extraordinaire." Ils se mirent en chemin. Un des Espagnols qui ac-

accompagnoient le gouverneur, car ils le suivirent tous, commença en route le récit suivant. „ Dans ma patrie vivoient de mon temps deux „ cousins très-riches mais très-avares. Ils vi- „ voient ensemble en inimitié . . . .

„ Dieu tout-puissant!" s'écria Alonzo, qui le premier avoit atteint le sommet de la colline. „ Voyez-vous le sujet de mes alarmes?" Tous regardèrent, tous furent saisis d'effroi.

A une demi-lieue d'eux, au-delà du golfe que Vendredi traversa un jour à la nage, ils découvrirent plusieurs feux qui s'élevoient jusqu'aux nues. Des centaines de sauvages dansoient autour. Leurs voix retentissoient au loin avec un son terrible; leurs longs hurlemens se perdoient ou se prolongeoient dans les vastes forêts comme un tonnerre sourd. Nos colons étoient immobiles de frayeur et comme pétrifiés, sans pouvoir proférer une parole. L'obscurité de la nuit augmentoit l'horreur du spectacle; le golfe voisin renvoyoit la flamme et la rendoit d'autant plus terrible; elle s'élevoit en gros bouillons dans l'air sombre. De moment en moment le bruit alloit croissant, et l'on distinguoit les différens groupes de sauvages et leurs voix qui se repondoient d'un bûcher à l'autre.

Les colons agitèrent les questions comment ils étoient venus dans cet endroit? Quelle pouvoit être leur intention? Quel étoit le but des sauvages? Avoient-ils appris que l'île étoit peuplée? Arrivoient-ils en force pour détruire la colonie? Ou n'étoient-ils venus que célébrer un de leurs repas ordinaires? Toutes ces questions étoient des énigmes pour les colons. Leur angoisse étoit d'autant plus grande qu'ils n'avoient encore reçu aucune visite de cette nature, et ne con-

connoissoient les sauvages que par les récits de Diégo et de Fernando.

Le gouverneur fut le premier qui prit son parti. „ Ou bien ," dit-il, „ les sauvages ont-ils „ appris notre existence dans cette île, et sont-„ ils venus pour nous extirper ? ou bien, le „ seul hasard les a conduits en ces lieux. Dans „ le premier cas, et, selon moi, c'est le plus „ vraisemblable, puisqu'ils sont venus en for-„ ce, il est de notre devoir de nous défendre „ jusqu'à la dernière goutte de notre sang, et „ de réunir nos forces. Mieux nous nous bat-„ trons, plus la victoire nous est assurée. Si „ nous succombons, nous voulons vendre du „ moins notre vie aussi cher qu'il nous sera pos-„ sible. Tout doit être mis en état pour une „ forte résistance. Garnissons le fort, chargeons „ les canons, et puisque les sauvages ne peu-„ vent pas escalader le fort, nous y laisserons „ les deux soldats pour le garder. Mais que les „ Anglois nous rejoignent sur-le-champ. Si les „ ennemis n'ont aucune connoissance de nous, „ ce seroit folie et témérité de nous exposer sans „ raison au danger. Tenons nous cois, et les „ laissons repartir tranquillement. Mais où sont „ les Anglois ? n'ont-ils donc rien entendu ? „ ignorent-ils la visite que nous venons de re-„ cevoir ?"

„ Je le suppose," répondit Diégo, „ puis-„ que, s'ils en avoient le moindre vent, nous les „ verrions ici. J'irai les avertir." Il prit un Espagnol avec lui, et après s'être armés chacun d'un fusil chargé et d'une épée, ils se rendirent dans la cabane de Robert et de William, leur apprirent le danger commun, appelèrent Jack, et tous cinq allèrent à l'enclos pour chasser le bétail dans la forêt; après quoi, au bout d'une d'une heure, ils rejoignirent le reste de la troupe.

On n'en savoit pas davantage des intentions de l'ennemi, de la raison qui l'avoit attiré dans l'île, et du sort qui attendoit la colonie. „ Que ne pouvons-nous pénétrer le but des ennemis?" dit Alonzo. „ Mais qui oseroit faire l'espion?" Azili, beau-frère de Diégo, sauvage de nation, entendit ces paroles. „ Gouverneur," dit-il, „ si vous me permettez d'aller à la découverte, „ je vous promets de vous apporter des nouvel- „ les." Cette permission lui fut accordée de bon coeur, d'autant plus que de l'exécution de son projet dépendoit le plus grand bien du moment actuel, la fin de l'état d'incertitude où l'on étoit plongé. Azili partit après s'être dépouillé de ses vêtemens et par de longs et savans détours s'approcha des sauvages. La nuit le protégeoit de son ombre; sans être remarqué d'eux, il se mêla avec eux, et se perdit dans la foule. Il resta absent environ deux heures; c'étoient deux éternités pour ses camarades. A la fin il arriva hors d'haleine.

„ Nous n'avons absolument rien à craindre," dit-il en s'adressant au gouverneur. „ C'est le „ seul hasard qui a conduit dans notre île deux „ partis ennemis de sauvages, qui, hier, se „ sont livrés un sanglant combat. Les deux par- „ tis s'attribuent la victoire, parce qu'ils ont fait „ des prisonniers l'un et l'autre. Ils ont, les „ uns et les autres, choisi, par le même ha- „ sard, cette île, pour y manger leurs prison- „ niers. Furieux de s'être rencontrés au même „ endroit, ils n'attendent que le jour pour re- „ commencer le combat. Ils n'ont pas le moin- „ dre soupçon d'habitans dans cette île. Nous „ n'avons autre chose à faire qu'à nous tenir ca-

 chés;

„ chés ; ils partiront sans avoir soupçonné notre „ existence."

Il n'y avoit plus que peu d'heures jusqu'au lever du soleil. Déjà le ciel se coloroit de rouge en orient ; déjà les étoiles pâlissoient, disparoissoient ; les colons, le coeur palpitant, attendent le dénouement de cette scène terrible, lorsqu'un bruit affreux s'élève, un bruit capable de faire perdre contenance au plus brave. Azili conjuroit la troupe de rester tranquille ; Alonzo le lui ordonna sous peine de la vie. „ S'ils nous aperçoivent," ajouta Azili, „ c'en est fait de nous ; „ ils se réunissent un moment pour nous perdre. „ Le combat ne sera pas long ; les deux partis „ sont trop acharnés. Ils ont tous les deux „ leurs canots sur le rivage ; les vaincus se jet„ teront dans les leurs, et les vainqueurs les „ poursuivront incessamment."

Les Espagnols, Robert et William se tinrent cachés. Atkins et Toby, qui étoient de garde et de ronde, se glissèrent le long du bois, sans être aperçus, jusqu'à un grand arbre touffu, qu'ils montèrent armés, et d'où ils furent témoins du combat.

Il fut terrible. Les deux partis montrèrent le plus grand courage, et se battirent avec une valeur difficile à égaler. Les chefs des deux corps firent surtout des prodiges de bravoure ; leur fermeté, leur mépris de la mort, leur audace qui tenoit de la témérité, les distinguoient du reste des combattans. Ils voloient là, où le danger étoit le plus grand, où l'ennemi pénétroit en force, ils étoient la digue, la barrière qui le retenoit, et qui faisoit échouer ses efforts. Ils répandoient autour d'eux le sang et distribuoient la mort et les blessures ; maniant le glaive avec la plus grande dextérité, ils forçoient tout à leur céder. Le combat avoit duré pendant

deux

deux heures, sans que la victoire se fut déclarée. Dès qu'un des deux partis sembloit avoir le dessous, son brave chef se précipitoit au-devant, rétablissoit le combat, et ceux qui poursuivoient, étoient poursuivis à leur tour. Deux heures s'étoient écoulées, lorsqu' avec effroi, les Anglois, de leur arbre, remarquèrent que la troupe qui étoit la plus proche du lieu où ils se tenoient cachés, commençoit à plier, et ne pouvoit plus résister aux efforts de l'ennemi qui la pressoit comme un tourbillon de tempête. Les vaincus abandonnèrent le champ de bataille avec des hurlemens terribles, et coururent en confusion vers la forêt même où les Anglois s'étoient cachés.

Les colons n'avoient pas prévu la possibilité de ce cas. Le danger étoit d'autant plus grand qu'il étoit imminent, et qu'on ne savoit comment parer le coup. Alonzo craignoit avec raison, que les fuyards chercheroient une retraite dans la forêt, que les vainqueurs les y suivroient, et que, de cette manière, les deux partis découvriroient que l'île étoit habitée, ce qui auroit eu pour suite probable la destruction de la colonie.

Du haut de la colline au-dessus du fort, Alonzo avoit été témoin du combat sans être aperçu; il avoit vu qu'une partie des ennemis avoit cherché un asile dans la forêt. Diégo lui ayant communiqué ses alarmes à ce sujet, le gouverneur avoit ordonné que dix Espagnols, avec leurs fusils chargés et Diégo à leur tête, se rendissent dans le bois. Ils avoient ordre de faire prisonnier tout ce qu'ils rencontreroient de l'ennemi, ou de tuer ce qui résisteroit, non à coups de feu, mais à coups de baionnette, afin que le bruit des armes n'attirât pas tout le reste des en-ne-

nemis de ce côté ! Au bout de quelques minutes la petite troupe se mit en marche. Diégo se posta au bord d'un fossé par où un seul chemin conduisoit. A peine y étoit-on arrivé, que trois sauvages, après avoir traversé la forêt, se montrèrent au bord du fossé. Ils couroient de toutes leurs forces et cherchoient à le passer, quand Diégo les ayant cernés avec sa troupe, les fit prisonniers.

Ces pauvres fugitifs ne savoient pas comment s'expliquer l'apparition subite de ces hommes armés, de ces figures qui leur étoient tout-à-fait étrangères. Ils ne songeoient plus à la fuite ; leur premier mouvement fut de se jeter aux pieds des Espagnols, et de leur demander la vie dans un langage inintelligible.

Diégo les fit lier et conduire au fort par deux Espagnols. Le nombre des fuyards se borna heureusement à ces trois ; les autres prirent le chemin de leurs canots, et après s'y être jetés, firent force des rames pour s'éloigner de la côte. Les vainqueurs se rassemblèrent en groupe, élevèrent des cris terribles, dansèrent la danse de la victoire, et frappèrent de leurs armes les unes contre les autres. Ensuite ils les déposèrent, allumèrent un grand feu, et commencèrent leur repas barbare, après avoir immolé leurs captifs. L'après-midi ils remontèrent dans leurs canots et partirent.

A peine les sauvages eurent-ils quitté l'île, que les Espagnols et les Anglois se rendirent sur le champ de bataille. Ils y virent un coup d'oeil affreux. Au-delà de cent morts étoient étendus sur la terre ; leurs mutilations inspiroient une vive horreur, et servoient à expliquer l'ardeur du combat. Les uns étoient percés de longues flèches ; d'autres avoient des tronçons de piques

qui

qui leur traversoient le corps; la plupart avoient eu les crânes et les bras fracassés avec des glaives de bois longs et lourds. La terre étoit arrosée de sang caillé, et jonchée de cadavres. C'étoit un spectacle d'horreur. Vingt glaives de combat étoient dispersés sur le champ de bataille. Ils étoient si lourds qu'à peine les Européens purent-ils les soulever; encore moins réussirent-ils à les manier et à s'en servir pour porter des coups assurés.

Alonzo fit creuser une large fosse pour y jeter les restes des ces malheureux, et anéantir les vestiges de cette affreuse journée.

Cependant, ce coup d'oeil terrible et sanglant produisit un bon effet. Atkins, Jack et Toby réfléchirent au sort qui les attendoit s'ils avoient le malheur de tomber dans les mains de ces anthropophages, qui égorgeoient et mangeoient leurs victimes. Ils virent qu'il étoit nécessaire pour eux de contribuer à l'avantage commun plus qu'ils ne l'avoient fait jusqu'alors. Malheureusement que ces bonnes résolutions s'évanouirent presqu'au moment où elles se formèrent. Tant que l'image du champ de bataille fut présente à leur esprit, ils se conduisirent bien; mais à peine eut-elle fait place à d'autres objets, qu'ils redevinrent les mêmes qu'ils avoient été, téméraires et furieux.

On avoit pris, comme je l'ai dit, trois sauvages. On en fit des esclaves qu'on employa, tour-à-tour, au service du reste des colons. Tantôt ils portoient du bois, tantôt ils béchoient, tantôt ils recueilloient les fruits des champs ou s'employoient à d'autres travaux rustiques. Azili étoit chargé de les surveiller particulièrement, parce qu'il comprenoit leur langue mieux que les autres. Du reste, ils vivoient contens et heureux ; on ne les faisoit pas travailler outre mesure, on les traitoit humainement, on leur accordoit les mêmes heures de récréation qu'au reste des colons. Un jour, par une chaleur excessive, ils étoient couchés à l'ombre avec plusieurs Espagnols et Azili. C'étoit l'heure où la patrouille avoit coutume de revenir de sa ronde ; elle étoit composée cette fois d'Atkins et de Toby. Atkins appela un des esclaves, qui ne répondit pas d'abord parce qu'il dormoit. Sans autre forme de procès, Atkins sauta sur lui et lui donna un violent coup de pied. Le malheureux éveillé en sursaut, poussa de sourds gémissemens, tant la douleur étoit aiguë ; ensuite, s'étant rassis, il appliqua sa main sur l'endroit qui lui faisoit mal. Ce geste irrita Atkins au point que ce monstre tira son sabre pour lui fendre la tête. L'esclave prit la fuite ; Atkins le poursuivit, et lui fit dans l'épaule nue une blessure qui le jeta par terre. Des flots de sang couloient le long du bras, qui paroissoit mort et détaché de l'épaule.

Le bruit éveilla les autres, et le sergent s'élança entre Atkins et le blessé, le prit sous sa protection, et ordonna à Atkins de rendre son arme. Cet ordre, que les autres avoient entendu comme lui, mit Atkins dans une telle fureur, qu'il voulut faire une seconde victime du protecteur de la première. Il fondit sur lui le sabre à la main ; Jack et Toby accoururent pour le soutenir, et le malheureux sergent seroit tombé sous leurs coups réunis, s'il n'avoit pas eu assez de courage et d'adresse pour se soustraire à cette attaque imprévue. Les colons les plus voisins volèrent à son secours, et les trois coupables furent arrêtés.

Ils furent conduits devant le nouveau gouverneur qui n'avoit pas à l'égard des Anglois, les mê-

mêmes obligations dont son frère s'étoit cru redevable envers eux, et qui, d'ailleurs, pour tout ce qui concernoit les lois et la discipline, étoit beaucoup plus sévère que Diégo. Il examina la chose d'après les articles de guerre de sa nation, et soumit les coupables à un conseil de guerre dans toutes les formes. Tous les colons eurent l'ordre de se rassembler le lendemain et d'assister à la sentence qui seroit prononcée. On se réunit. Il régnoit dans l'assemblée un silence solennel. Alonzo parut en uniforme de capitaine; ses gens arrivèrent le fusil sur l'épaule, afin d'imprimer à la discussion le sceau de l'importance. Le gouverneur s'avance, tire l'épée, la pose sur la table, se découvre, et toute l'assemblée en fait de même. Il fait approcher les criminels dont les mains étoient liées sur le dos, les contemple tout un temps en silence, et fit ensuite le discours suivant: „ Assez et trop long-temps vous „ vous êtes rendus coupables d'audace et d'ex- „ cès furieux; votre mesure est comblée, trop „ long-temps nous avons eu pour vous un excès „ d'indulgence, parce que nous avons cru pou- „ voir vous corriger par la douceur. L'expéri- „ ence nous prouve que nous avons employé de „ faux moyens. Vous n'avez pas voulu écouter „ l'ami; vous sentirez le bras du juge. Vous „ pardonner, seroit folie; ce seroit laisser plus „ long-temps entre vos mains l'arme dont vous „ vous servez pour nous égorger. L'union, le „ travail et l'ordre, voilà nos seuls moyens de „ subsistance et conservation. Quiconque les trou- „ ble, est l'ennemi de notre colonie, et sa vie „ et sa mort dépendent de moi, son juge con- „ stitué. Au nom de la colonie toute entière, „ et en vertu de l'emploi dont je suis revêtu, „ je vous annonce la mort. Vous n'avez que peu

d'heu-

„ heures à vivre; songez au salut de vos ames, „ et employez ce peu d'heures qui vous reste, „ à vous repentir et à faire votre paix avec „ Dieu. Vous apprendrez demain, au moment „ de l'exécution, le genre de mort que je vous „ destine."

Après ces mots, il ordonna de ramener les criminels dans leur prison. Ensuite se tournant du côté de l'assemblée, „ Y a-t-il quelqu'un „ parmi vous," demanda-t-il, „ qui soit „ d'un avis différent? Dieu sait que j'ai pro- „ noncé à regret cet arrêt de mort; mais je „ le devois à l'appréhension de voir votre vie „ et celle des miens, plus long-temps au pou- „ voir de ces forcenés. Les lois de mon pays „ les condamnent à être fusillés, et je pense „ que ce genre de mort leur convient. De- „ main, au lever du soleil, nous nous rassem- „ blerons dans ce même endroit; je commande- „ rai moi-même les exécuteurs de la sentence, „ et je donnerai le signal en personne." A ces mots, il renvoya la colonie. On se retira dans un silence triste et respectueux, et chacun reprit ses occupations.

Le lendemain matin la colonie se rassembla devant le fort. Alonzo parut dans le costume de la veille. Quatre Espagnols allèrent chercher les criminels; ils parurent tremblans, une pâleur mortelle couvroit leur visage. Alonzo leur annonça leur arrêt, fit approcher neuf soldats espagnols, leur ordonna de charger leurs fusils à balles. On banda les yeux des prisonniers, on les fit mettre à genoux; Alonzo tire un mouchoir blanc de sa poche, pour donner le signal. Les soldats ajustent leurs armes, couchent en joue, et le gouverneur baissa le mouchoir en criant: Grâce! grâce!

Ils

Ils s'étoient évanouis tous les trois, étant une suite du passage trop rapide de l'angoisse à la joie. La joie et la frayeur subites font la même impression sur nous, et peuvent nous tuer, si l'on manque à cet égard de précautions nécessaires. Alonzo ne les avoit pas négligées dans cette occurrence. Diégo et Fernando étoient du secret. Ils s'étoient munis de gouttes fortifiantes; ils dépouillèrent les trois Anglois d'une partie de leurs vêtemens; un chirurgien leur ouvrit une veine, et au bout de quelques minutes on les vit revenir à eux. Alonzo s'approche et leur dit: „ Vous venez d'éprouver les „ angoisses et les horreurs de la mort; vous „ avez senti ce que vous aviez mérité. De ce „ moment vous vivrez; mais un autre châti„ ment vous attend; vous n'êtes plus soldats; „ vous êtes esclaves et manoeuvres de quicon„ que vous emploiera et vous donnera de l'ou„ vrage; et vous continuerez ce métier pénible „ et déshonorant, jusqu'à ce qu'on soit parfai„ tement convaincu de votre amendement. Vous „ conserverez vos demeures, mais chaque matin „ vous vous présenterez devant le fort pour de„ mander l'ouvrage de la journée. Malheur à „ vous à la première plainte qu'on portera!"

A ces mots, il les renvoie, et les distribue aux maçons et aux charpentiers, pour s'en servir en qualité de manoeuvres. Ils furent obligés de travailler malgré eux. Après huit jours, ils allèrent trouver le gouverneur, et lui parlèrent en ces mots:

„ Nous sommes las de notre façon de vivre „ actuelle, et nous n'avons pas la moindre es„ pérance de la voir finir, et d'améliorer notre „ sort. Donnez-nous un des petits bateaux; nous „ voulons gagner le continent, pour voir si nous

„ pou-

„ pouvons capturer des esclaves, et les faire „ travailler à notre place. Donnez-nous des fu- „ sils, de la poudre, du plomb ; peut-être res- „ terons-nous au milieu des sauvages, et vous „ êtes quittes de nous."

Le gouverneur leur fit sentir la folie de l'entreprise ; il leur représenta avec bonté tout ce qu'ils auroient à souffrir et dans quels périls ils alloient se plonger, d'où il faudroit des miracles pour les tirer.

En vain. Ils répondirent d'un ton insultant, que leur parti étoit pris ; que la mort les attendoit sur terre comme sur mer, puisqu'ils étoient décidés à ne pas travailler ; qu'il leur étoit indifférent de périr de faim dans l'île ou dans les ondes ; que si les sauvages les massacroient, la perte ne seroit pas grande ; qu'ils n'avoient ni femmes ni enfans, et que personne ne s'intéressoit à eux, que personne ne le pleureroit.

Alonzo effrayé de cette légéreté inconcevable, leur répondit : „ Eh bien, puisque vous y voi- „ là résolus, vous ferez ce que bon vous sem- „ ble ; mais ne vous en prenez qu'à vous seuls, „ des maux qui vous attendent. Vous en serez „ seuls responsables. Je ne veux pas que vous „ partiez sans ressource. Je vous ferai donner „ trois fusils, trois sabres, de la poudre et du „ plomb ; je vous pourvoirai, de plus, d'une „ scie et de quelques haches."

Quelle fut la joie de ces aventuriers en quittant le gouverneur ! Celui-ci ne leur avoit accordé leur demande que dans l'espoir que les nouvelles épreuves par où ils alloient passer, contribueroient à les corriger. Ils se voyoient libres, ils se croyoient dignes d'envie, ils se promettoient de leur aventure les plus beaux résultats ; ils faisoient le plus beau des rêves.

Le

Le gouverneur leur donna une provision de pain frais ; ils arrangèrent leur barque, la remplirent de vivres, dressèrent un petit mât, y attachèrent une voile, et partirent.

Tout le monde étoit charmé de s'en voir délivré ; ils avoient troublé la paix et le repos de la colonie. Alonzo surtout étoit au comble de la joie. La première fois qu'il fit visiter les travaux, il dit : „ C'est comme si je me trou„ ve au sein de ma famille, depuis que ces „ trois vauriens ne sont plus ici ! ”

Cet éloge étoit fondé, car le principe de toute la colonie étoit de faire le contraire de ce qu'avoient fait ces trois Anglois. Leur mauvais exemple avoit rendu meilleurs le reste des habitans. Par-tout il régnoit une activité rare, accompagnée de gaîté et de contentement. Chacun travailloit, comme si de son travail seul dépendoit la prospérité de toute la colonie ; on se livroit aux espérances les plus fondées de voir la nouvelle ville parvenue avant la fin de l'année au point de pouvoir être habitée ; chacun travailloit avec le plus grand zèle, et comme si du jour de la dédicace de cette ville datoit celui du contentement et du bonheur. L'espace d'un quart de lieue, entre le rempart et la campagne, étoit planté de vignes, de citronniers, de cocotiers et de bananiers ; et l'intervalle intérieur jusqu'au fossé partagé en jardins et en terres cultivables. Les trois esclaves étoient d'une grande utilité. Robert et William qui étoient particulièrement chargés de les conduire et de les diriger, les traitoient avec beaucoup de douceur ; les sauvages, à qui ces procédés n'échappoient point, s'étoient attachés à eux par amitié et par reconnoissance. En un mot, ils étoient à leur égard, ce que Vendredi avoit été pour Robinson.

Il

Il y avoit environ un mois et demi qu'ils étoient partis, quand William et Robert travaillant un jour dans leur ancienne plantation, et deux des esclaves étant occupés à déterrer une grosse pierre sur le rivage de la mer, et le troisième qui n'étoit pas encore remis de sa blessure. les assistant, tout-à-coup ces trois esclaves vinrent d'une course et à grands cris trouver Robert et William, et leur firent comprendre par signes, que six inconnus traversoient la grande plaine et venoient du bord de la mer. Les Anglois avancent pour s'en convaincre par leurs yeux, et voient effectivement six hommes, dont trois étoient vêtus et portoient des fusils en bandoulière.

Tout effrayés ils coururent au fort, et rapportèrent au gouverneur ce qu'ils venoient de voir. Alonzo eut peine à les croire et doutoit encore de la vérité du récit. „ Mes enfans, „ leur dit-il, il se peut que la peur vous ait „ aveuglés? Vous n'êtes pas d'ordinaire ni poltrons ni crédules; cependant les circonstances de votre récit ne me paroissent pas suffisamment claires."

„ Mais nous les avons vus de nos yeux," reprit Robert un peu piqué. „ Eh bien, en ce „ cas, ce sont des sauvages. Tant mieux s'ils „ ne vous ont pas vus. Nous nous tiendrons „ cachés jusqu'à leur départ."

„ Non, non, ce ne sont pas des sauvages, „ insista Robert; ce sont des Européens, vêtus „ et armés."

„ Eh tant mieux, interrompit Alonzo. Ce sont „ des amis. Car quel peuple au monde voudroit „ nous faire du mal, à nous qui vivons en paix „ avec tous les peuples de la terre, je suis „ convaincu que dans l'Europe toute entière il n'y

„ n'y a personne qui voulût nous nuire plutôt „ que de nous rendre service. Mais allons à la „ découverte de ces étrangers."

En disant ces mots, il ceignit son épée, prit un fusil de chasse, et alloit s'enfoncer dans le bois qui environnoit le fort, quand il entendit prononcer son nom.

„ Mon Dieu," s'écria-t-il, „ ce sont nos „ trois aventuriers ;" et il alla à leur rencontre. C'étoient eux en effet ; ils s'étoient couchés dans le bois, et se levèrent à l'approche d'Alonzo. „ D'où venez-vous?" leur demanda le gouverneur, „ et qu'est-ce qui vous ramène ? Est-ce bien vous que je vois?"

„ Oui, c'est nous-mêmes," répondit Atkins ; „ nous vous prions de nous reprendre, et d'ou„ blier le passé ; nous vous promettons de ne „ vous donner jamais lieu à des plaintes fondées. „ Nous nous soumettons volontiers à tous les „ travaux que vous nous imposerez ; ne nous re„ fusez, ne nous renvoyez point!"

C'étoit le soir, après le travail de la journée qu'ils arrivèrent ; en moins d'une demi-heure toute la colonie étoit rassemblée. Les aventuriers avoient beaucoup souffert en route ; on le voyoit à leur mine. Alonzo commença à leur faire donner à manger, et ensuite ils racontèrent qu'ils avoient mis à la voile par un vent favorable. En peu d'heures, ils avoient perdu l'île de vue. A l'entrée de la nuit ils étoient en pleine mer, et leur barque prenoit la direction nord-ouest. Peu après le lever du soleil ils virent la terre à gauche ; ils firent voile pour y arriver, dans l'espérance de trouver une colonie angloise, ou un vaisseau anglois, et de prendre service comme matelots. Mais au lieu de trouver des Européens, ils virent toute la côte couverte de sauvages,

qui

qui avoient aperçu de loin la barque, et qui, armés de massues, d'arcs, de piques, et jetant de grands cris, poussant de longs hurlemens et agitant leurs armes, faisoient comprendre aux aventuriers qu'ils ne leur permettroient pas d'aborder. Ceux-ci, voyant distinctement la réception qu'on leur préparoit, jugèrent qu'il y auroit folie à tenter l'abordage. Ils quittèrent la côte, et, en continuant leur cours, ils découvrirent plusieurs îles à leur gauche. Leur intention étoit de passer outre, mais la nécessité les obligea d'y relâcher. La mer étoit grosse et agitée; tout annonçoit une tempête, et les Anglois n'osoient pas risquer de tenir la mer.

Ils se dirigent donc sur l'île la plus voisine; ils descendent; ils tirent, pour plus de sûreté, la barque à sec. Cependant, la tempête avoit commencé; elle dura toute la nuit. Nos aventuriers avoient gagné un bois voisin, et se reposoient, dans les bras du sommeil, de toutes leurs fatigues. Quelle fut leur surprise, quand, à leur réveil, ils se virent environnés de plusieurs sauvages, qui les considéroient avec étonnement!

Ils alloient sauter sur leurs armes, quand le principal des sauvages, celui, qu'un ornement de tête de plumes bigarrées désignoit comme le chef des autres, rompit une branche et de l'air de la plus grande bonhomie, la présenta à Jack. Celui-ci, à son tour, rompit une autre branche, l'échangea contre celle du sauvage; et voilà la paix conclue. Ces Indiens paroissoient être une nation douce et honnête; leur visage noir, leurs yeux-doux et gracieux, leurs traits agréables et inspirant la confiance. De tous côtés, on apporta des vivres aux Anglois; on les conduisit dans des cabanes, on prit soin de leur barque. Sans pouvoir se parler, comme on peut se l'ima-

gi-

giner ; les deux parties communiquoient entr'elles par des signes. Cependant, les Anglois se plaisoient beaucoup chez leurs nouveaux hôtes ; ils avoient des vivres en abondance, et ce qui étoit encore d'un plus grand prix à leurs yeux, on ne leur demandoit aucun ouvrage.

Ce bon temps avoit duré quelques semaines, lorsqu'il prirent la résolution de retourner dans la colonie, et de se rendre dignes, par une conduite sage et réglée, de l'estime et de l'affection de leurs compagnons. Vers la nuit, Atkins quitte furtivement la cabane avec ses camarades, détache la barque et part avec trois originaires de cette île. Le lendemain matin on avoit déjà perdu l'île de vue.

Ayant le vent de côté, ils s'écartèrent de leur route. Ils avoient espéré d'y arriver avant l'entrée de la nuit ; mais, peut-être par un arrangement particulier de la providence qui ne regardoit pas ce premier mouvement comme assez efficace pour affermir ces hommes dans leurs bonnes résolutions, ils se virent exposés à une nouvelle épreuve, que la main de Dieu leur infligea. Déjà le jour baissoit considérablement sans qu'ils découvrissent la terre. Ils se voyoient pour la première fois de leur vie embarrassés ; sans boussole, et qui plus est, sans vivres, ils flottoient au gré du vent dans l'immense océan. Leur perplexité augmentoit à mesure que le jour tomboit, que le vent se renforçoit. Il y avoit des apparences de tempête. Il faisoit nuit, une nuit noire, sans clair de lune ; à peine quelques étoiles. La tempête approchoit ; le vent chassoit la barque avec une incroyable célérité, et nos aventuriers regrettoient, mais trop tard, de s'être laissés aller à l'idée insensée de quitter une colonie, où ils avoient été si heu-

heureux. Ils se reprochèrent l'un à l'autre cette malheureuse résolution, à laquelle, au fond, ils avoient la même part.

Enfin, après une nuit cruelle, ils découvrirent au point du jour une chaîne de rochers au milieu de la mer. Ils eurent mille peines à y arriver, et à éviter les vagues qui alloient et venoient s'y briser. A la fin, ils ont le bonheur de prendre terre et de mettre leur barque en sureté. Pleins de joie de se voir délivrés des dangers du naufrage, ils oublient qu'un sort plus cruel encore les attend.

Celui de mourir de faim. Après s'être reposés pendant quelques heures, ils parcourent le rocher sur lequel ils avoient abordé. A peine une couple de maisons médiocres auroient-elles pu y tenir. Pas un arbre, pas un arbuste; quelques buissons stériles, semblables à nos ronces, croissoient dans les fentes du rocher. Pas une source d'eau, pas un être vivant, pas une cavité, où les malheureux auroient pu se mettre à l'abri de la tempête. Elle dura deux jours. Deux jours, ces infortunés restèrent sur ce rocher, sans vivres, consumés de faim et de fatigues. Leurs forces se perdoient visiblement; la pluie, la grêle les avoit percés et morfondus. Leur état étoit des plus déplorables. Enfin au troisième jour, un rayon échauffant du soleil les réveille, la tempête s'étoit apaisée; la mer étoit calme; ils s'embarquent, et arrivent excédés de fatigue dans la colonie.

Tel fut leur récit. Et les voilà heureusement de retour. Les trois esclaves étoient assis à terre, tristes et les yeux baissés. Alonzo prit part à leurs peines, et pour les calmer, il fit appeler Azili. Heureusement que l'un des trois savoit sa langue; et bientôt ils apprirent à leur grande

grande joie qu'ils n'étoient pas destinés à être tués et mangés, mais à faire le travail de la colonie, et à y être nourris et entretenus.

Au moment où ils furent instruits de leur sort, ils exprimèrent leur joie par des gestes et des contorsions; allèrent et vinrent, soulevèrent des pierres, manièrent des instrumens pour indiquer qu'ils étoient prêts à travailler. „ Ces esclaves „ sont à vous, dit Alonzo en s'adressant aux „ trois Anglois, vous les avez en votre pouvoir, „ mais je vous ordonne d'en disposer avec hu„ manité. Vous me serez responsables à moi et „ à toute la colonie des traitemens durs et cruels „ que vous leur ferez subir."

Atkins refusa pour lui et pour ses deux compagnons de s'arroger aucun droit sur les esclaves. „ Tant que nous pourrons remuer nos bras, „ nous travaillerons pour le bien de la colonie. „ C'est à elle qu'appartiennent ces esclaves. Dis„ posez-en comme vous le voudrez."

Ce qu'on n'avoit pas osé espérer, arriva. De ce moment, les trois Anglois se corrigèrent tellement, qu'on les compta au nombre des meilleurs colons. Le sentiment de l'honneur s'étoit réveillé chez eux; en peu de temps, ils gagnèrent la confiance d'Alonzo et l'amitié de leurs camarades. Alonzo, qui aimoit à voir les hommes du bon côté, se réjouit sincèrement de cet amendement si peu espéré, et comme la loi les avoit condamnés à travailler comme esclaves, il résolut de révoquer cette sentence et de les rétablir dans leur premier état. Mais il voulut donner de l'importance et de la solennité à cet acte, et y consacrer un jour de fête. Le fort étoit considérablement avancé; on pouvoit suspendre les travaux pendant un jour, sans inconvénient. Alonzo choisit celui où la première habitation venoit d'être achevée. Ce fut au bout de quinze jours ou de trois semaines. C'étoit un des grands magasins. Alonzo ordonna d'y transporter tout ce qu'il devoit contenir ; ensuite on devoit y faire un repas commun. Atkins, Toby et Jack étoient humblement assis à la table des noirs. On alloit commencer à manger, quand Alonzo se leva, approcha de la table des esclaves, fit lever les Anglois, et les fit passer à la sienne, en disant ces mots au reste de l'assemblée. „ Je „ vous ramène vos amis. Ils ont prouvé qu'ils „ peuvent faire le bien, et ils m'ont pro- „ mis et assuré qu'ils en ont la volonté. Re- „ cevons-les en frères et comme des frères !" Il fit en même temps signe à Diégo, qui apporta trois épées. Alonzo les leur distribua, en ajoutant : „ De ce moment, vous êtes redeve- „ nus soldats, et en se tournant du côté du „ sergent qui jusqu'alors avoit commandé la mi- „ lice de l'île :" je vous fais commandant, et vous, Atkins, serez sergent en sa place. Faites en sorte de mériter toujours ma confiance.

Tous les trois, et particulièrement Atkins, étoient extrêmement touchés. Ils promirent, ils jurèrent solennellement et avec les protestations les plus sacrées, de se corriger, et ils tenoient parole.

Voilà encore une nouvelle preuve qu'on fait mieux d'avoir trop de confiance aux hommes, que d'en avoir trop peu. Il ne faut jamais désespérer de l'amendement d'un homme, qu'on n'ait essayé tous les moyens possibles de le corriger. Que de moyens d'amendement se trouvent entre les mains de Dieu seul ! Ces moyens, les hommes les ignorent, et sont par conséquent hors d'état de les tenter. Ne nous servons donc que très-rarement du terme d'incorrigible ; car il est peu ou point de scélérats qui le soient.

Environ huit jours après cet événement, Atkins rapporta au gouverneur, que six barques remplies de sauvages avoient mouillé, à la côte occidentale de l'île, pour y faire, comme à l'ordinaire, un festin de chair humaine. On étoit tellement accoutumé depuis quelque temps à ces visites, qu'on n'y faisoit presque plus d'attention. On savoit par expérience, que les sauvages ne s'arrêtoient guères au-delà de quelques heures, et qu'en se tenant cachés, les colons n'avoient rien à craindre. Dès qu'un habitant de l'île, (l'île étoit habitée de trois différens côtés) s'apercevoit d'une descente de sauvages, il en prévenoit les autres; et une sentinelle postée en lieu sûr avertissoit de leur départ. Cet ordre établi paroissoit suffisant. Cette fois-ci, un cas fortuit et extraordinaire fut cause que les sauvages eurent vent de l'existence de la colonie.

La sentinelle avoit donné avis du départ, et tout le monde s'étoit rendu par curiosité au lieu du festin. On s'entretenoit de cette horrible coutume, quand un des Espagnols vit à l'ombre d'un arbre, trois sauvages profondément endormis.

Peut-être qu'ils se seront écartés, et on les aura oubliés en s'embarquant. Quel fut l'embarras des colons! que faire de ces trois hommes? Les tenir comme esclaves n'étoit pas à conseiller, car on avoit des esclaves en assez grand nombre; et puis, on ne pouvoit pas se fier à ceux-ci. Ne pouvoient-ils pas, à la première arrivée de sauvages, s'échapper et trahir la colonie?

Le gouverneur, qu'on en avoit averti, voulut d'abord les laisser dormir, en leur abandonnant le soin de retourner, comme ils pourroient, dans leur patrie, sans avoir rien découvert de la la colonie. Mais Robert craignit avec raison, que dans leurs courses, ils ne pénétrassent jusqu'à la partie habitée de l'île. Pendant qu'on délibéroit, l'un des trois s'éveilla, et fit de grands yeux! néanmoins il fallut prendre un parti sur le champ.

Robert, William et Atkins approchèrent, et réveillèrent les deux autres. Ces pauvres gens n'avoient jamais vu d'Européen ; ils se tenoient immobiles comme des statues ; ils regardoient tour-à-tour les Anglois, eux-mêmes et la place où ils trouvoient les restes de leur repas, sans découvrir aucun de leurs compagnons. Ils ne firent aucun mouvement de résistance, quand on s'empara de leurs personnes ; se laissèrent lier tranquillement ; suivirent paisiblement Azili, qui en chemin leur annonça leur sort. On prit la précaution de ne pas les conduire au fort ni à la nouvelle forteresse ; on les confia à Robert et à William pour tirer des pierres de la carrière, et les amasser en monceaux. A côté de la cabane de Robert on leur construisit une petite demeure, on les fournit de vivres ; et traités humainement par leurs maîtres, qui n'exigeoient pas d'eux un travail outre mesure, il parut qu'ils étoient contens de leur sort. On le remarqua, et l'on cessa trop tôt de se tenir sur ses gardes.

Tout à coup un des trois esclaves vint à manquer. Personne ne savoit ce qu'il étoit devenu ; il avoit comme disparu de l'île. D'abord on s'imagina qu'il avoit péri dans la carrière, mais on ne trouva pas son corps malgré des recherches multipliées. On attendit pendant plusieurs jours qu'il reparût ; en vain. Alors on se confirma de plus en plus dans l'idée qu'il avoit pris la fuite, qu'il s'étoit caché dans la forêt, jusqu'à ce qu'il eût trouvé l'occasion de rejoindre ses com-

compatriotes. Ce qui rendoit cette supposition plus vraisemblable, c'est qu'avec l'Indien, Robert s'aperçut qu'il lui manquoit plusieurs choses, comme p. ex. une hache, un baudrier, un chapeau. Enfin le jour où il disparut, on avoit signalé plusieurs barques de sauvages qui étoient reparties peu d'heures après leur arrivée.

Cette circonstance mit l'alarme dans la colonie. On craignoit avec raison que le sauvage ne rapportât à ses compagnons l'existence et l'état de la colonie, et qu'instruits que l'île étoit habitée, ceux-ci n'arrivassent en corps de nation pour extirper les Européens.

Les alarmes se calmèrent en grande partie, lorsqu'on envisagea les choses avec plus de sang froid. Heureusement que l'esclave fugitif n'avoit pas été plus loin que dans la cabane de Robert. Il n'avoit jamais vu ni le fort ni la forteresse ni la demeure d'aucun des autres habitans; de plus, il n'avoit pas la moindre idée de l'effet des armes à feu. Il ne connoissoit pas le grand troupeau de lamas cachés dans l'épaisseur de la forêt. En supposant le pis, son rapport ne pouvoit qu'être très-incomplet, et à moins que les sauvages n'arrivassent en force, les colons pouvoient se promettre la victoire. D'ailleurs, la forteresse étoit achevée et en état; les six canons que Robinson avoit sauvés du vaisseau échoué, garnissoient le rempart. On remplit le magasin de vivres, et on étoit prêt, au premier moment, à se retirer dans la forteresse.

Cependant, on redoubla d'attention pour obvier à un péril, qui, quoique moins terrible qu'il ne le paroissoit au premier coup d'oeil, n'étoit pourtant rien moins qu'indifférent en lui-même. On distribua des sentinelles sur les hauteurs, d'où on pouvoit découvrir la mer; Atkins surtout étoit continuellement sur pied; on le voyoit tantôt ici tantôt là; il brûloit d'envie de se mesurer avec les sauvages. „ Il n'en retour-„ nera pas un de l'île," disoit-il toutes les fois qu'on parloit d'une descente.

Le gouverneur se flattoit que le fugitif auroit péri dans la mer, ou que, s'il se tenoit encore caché dans l'île, on le découvriroit par un heureux hasard. Trois semaines s'écoulèrent dans cette incertitude, et sans l'activité inquiète d'Atkins, le reste de la colonie se fut livrée à une entière sécurité.

Robert et William furent les premiers qui acquirent la certitude de la trahison de l'esclave. Un matin, ils virent aborder une cinquantaine de sauvages dans six barques. Ce n'étoit pas à l'endroit ordinaire de leur débarquement; c'étoit du côté opposé, c'étoit au sud où jusqu'alors aucun sauvage n'avoit encore pénétré. Ils marchèrent droit sur la cabane de Robert et de William. Si l'on avoit prévu ce cas, on auroit posté dans le voisinage un petit corps, qui après avoir permis aux sauvages d'opérer leur descente, se seroit jeté sur eux et les auroit exterminés.

C'étoit ce qu'on eût fallu faire. Mais au lieu de cela, la contrée étoit sans défense. Robert et William auroient été des insensés et des téméraires, s'ils avoient attendu les sauvages de pied ferme; ils étoient deux contre cinquante. Une sage retraite étoit le seul parti à prendre. Heureusement pour eux qu'ils avoient aperçu l'ennemi en mer à une certaine distance; ils eurent le temps d'aviser au parti à prendre. Ils commencèrent par lier à leurs deux esclaves les mains sur le dos, et les firent conduire par un Indien affidé dans l'épaisseur du bois; là, celui-ci leur lia

lia encore les pieds, et les ayant laissés dans cet état où ils ne pouvoient nuire, il se rendit à la forteresse pour demander du secours aux Espagnols. Les Anglois chassèrent leur troupeau de lamas de leur basse-cour dans la forêt voisine, prirent leurs fusils, leurs sabres, leurs gibernes, (*) et s'enfoncèrent dans le bois.

L'ennemi, comme je l'ai dit, après avoir mis pied à terre, marchoit droit à la cabane des Anglois; ce qui prouvoit qu'il avoit un guide qui connoissoit le pays. Elle étoit évacuée, et du haut d'une éminence, les deux Anglois observoient les mouvemens des sauvages. Sans pouvoir découvrir leur demeure de leur poste, ils virent bientôt que l'ennemi y étoit arrivé! Un nuage de fumée leur apprit qu'elle venoit d'être incendiée, et ces bonnes gens perdirent ainsi, pour la seconde fois, tout ce qu'ils possédoient. A la douleur et à l'épouvante succéda bientôt l'idée que les ennemis alloient à la découverte de la colonie pour l'attaquer; ce qui les engagea à se rapprocher du reste de leurs compagnons. Ils s'enfoncèrent de plus en plus dans la forêt, se glissèrent à travers la plaine qu'elle environnoit, arrivèrent dans la partie intérieure du bois qui étoit de haute futaie, et sans buissons. Là commençoit la chaîne de rochers qui s'étendoit de l'autre côté jusqu'à la mer. Ils découvrirent une petite caverne qui dominoit sur une grande partie de la forêt. Ils résolurent de s'y retirer pour observer l'ennemi.

A peine y avoient-ils été un quart d'heure, qu'ils virent sortir de la forêt quatre sauvages, qui prenoient la même route; on eût dit qu'ils sui-

(*) On appelle ainsi la pochette de cuir du soldat ou du chasseur dans laquelle il place ses cartouches.

suivoient les Anglois à la piste. A une distance considérable parurent trois autres, puis cinq ou six. En un mot, il paroissoit que l'ennemi s'étoit partagé en pelotons, comme des chasseurs qui vont à la quête du gibier. Ils portoient un arc sur l'épaule, et tenoient de longues piques à la main. Un sabre de bois pendoit à leur ceinture. La perplexité de Robert et de William étoit extrême. Ils n'osoient pas abandonner la caverne, parce que leur retraite devoit se faire en présence d'un ennemi furieux; s'y arrêter, étoit tout aussi dangereux, puisque l'ennemi qui alloit passer devant la caverne, pouvoit aisément y entrer et les découvrir. Que faire? „ Combien „ as-tu de coups dans ta giberne? demanda Ro„ bert. J'en ai dix, répondit William. Robert. „ J'en ai tout autant. Restons ici, et quelle que „ soit la force de l'ennemi, il ne nous prendra „ pas vivans." A ces mots, ils se donnèrent la main, et jurèrent de se défendre et de se venger jusqu'à la dernière goutte de leur sang.

Ils discutèrent la question, s'ils feroient feu sur les quatre premiers, ou s'ils les laisseroient passer pour décharger leurs armes sur la seconde troupe. Ils se décidèrent pour ce dernier parti. L'ennemi avançoit toujours; déjà il étoit près de la caverne. Déjà la première troupe l'avoit dépassée. Outre l'entrée principale, il y avoit une ouverture latérale par où l'on pouvoit voir sans être vu, et qui servoit même d'embrasure aux fusils. Robert chargea le sien à deux balles et à dragées, et coucha en joue. Lorsque les quatre premiers sauvages furent à trente pas au-delà de la caverne, et les trois suivans en face, Robert qui d'abord vouloit aussi laisser passer ceux-ci, et diriger son coup sur les cinq suivans, s'aperçut tout à coup que

que son transfuge étoit du nombre de trois. Il le reconnut au chapeau de matelot qu'il avoit emporté en fuyant, et au baudrier qu'il portoit. Il eut peine à se modérer, et à les laisser venir à vingt pas de lui.

Les trois sauvages marchoient sur la même ligne. Robert fit feu, l'un d'eux recevoit une blessure dans le ventre, et l'esclave fugitif avoit les deux jambes fracassées. Un même instant les renversa; les deux blessés jetoient des cris affreux. Les cinq autres, qui les suivoient à cinquante ou soixante pas de distance, ne savoient ce qu'ils avoient vu et entendu. Etant revenus de leur frayeur, ils approchèrent lentement de leurs camarades; mais quel fut leur nouvel effroi, en trouvant deux dangereusement blessés! Ils les rejoignent, ils veulent examiner leur état, quand les Anglois virent l'un des blessés montrer le ciel de la main, comme voulant faire entendre, que la foudre les a frappés. L'épouvante des autres augmentoit d'un moment à l'autre. Ils tombèrent à genoux, spectacle qui toucha les Anglois eux-mêmes. Il leur faisoit peine de tuer, dans cette posture, les Indiens qui étoient loin de pressentir leur sort. Enfin ils se relevèrent et retournèrent, en prenant les deux blessés avec eux, le même chemin qu'ils étoient venus. Après s'être embarqués ils quittèrent cette île. Pour les colons ne resta plus qu'aller à la cabane des deux Anglois; la perte n'étoit pas grande; l'habitation de la forteresse étoit prête; mais leurs effets et leurs ustensiles étoient perdus et brûlés, et ce dommage-là étoit irréparable.

Malheureusement c'étoient toujours les deux pauvres Anglois qui perdoient leur fortune et leur cabane, mais on fera souvent, dans le

cours

cours de la vie, la triste expérience que l'homme de bien fait des pertes, tandis que le méchant est épargné.

Mais n'oublions en même temps pas, que l'homme de bien, dans ses pertes, a mille fois plus de ressources que le méchant. L'amour du travail, l'activité, une bonne conscience et l'estime de tous les honnêtes gens, sont pour lui, au milieu de ses peines, une source abondante de moyens d'améliorer son sort. Tel fût le cas de Robert et de William. De plus, ils réparèrent d'autant plus facilement leurs pertes que l'ennemi n'avoit pas dévasté leur champ cultivé; leurs amis eurent bientôt remplacé les ustensiles et les meubles qui leur avoient été pris ou brûlés.

Le même soir du départ des sauvages il s'éleva une tempête; elle continua avec force pendant toute la nuit, et le lendemain matin les Insulaires trouvèrent trois canots renversés sur le sable, et non loin de là, un Indien noyé que les vagues avoient jeté sur la côte. Cette circonstance, affligeante en elle-même, remplit de joie la colonie, car les colons craignoient que les Indiens, à leur retour, n'apprissent à leurs compatriotes l'état de l'île. On devoit craindre avec raison que ceux-ci ne revinssent en force, et qu'à la fin les colons ne succombassent sous tant d'efforts réitérés. Mais la circonstance des canots échoués et des cadavres, fit espérer que le reste des ennemis avoit trouvé sa mort dans la mer. Cette espérance n'étoit pas cependant assez fondée pour inspirer une entière sécurité. On fit mieux; on mit les choses au pis, afin de pouvoir faire, en cas de besoin, la meilleure résistance. On redoubla de travail pour achever la forteresse; point de relâche, point d'heures

de

de récréation ; à peine quelques heures de sommeil pendant la nuit. Atkins étoit continuellement à son poste ; il parcouroit l'île d'un bout à l'autre, et ne se permettoit du repos que pendant que la marée étoit favorable à l'île, car tant que la marée descendoit, ou pendant le reflux, les sauvages, entraînés par les courans de la mer, ne pouvoient pas approcher de l'île. La marée montante, ou le flux seul, leur étoit avantageux. Le seul chemin praticable qui passoit par la montagne, fut coupé par un abattis (*a*).

Les colons avoient conservé pour eux un sentier caché, qui commençoit dans une fente de rocher, et que les ennemis ne pouvoient découvrir que très-difficilement. Ils se réservoient ce sentier pour le cas des surprises. On fit plusieurs petites redoutes ou parapets pour les garnir en cas d'attaque, et pour mettre l'ennemi entre deux feux. On mit les armes dans le meilleur état possible ; les soldats durent les nettoyer, et affiler leurs sabres. Chaque canon avoit son caisson de munition (*b*) à côté. De cette manière on étoit préparé à recevoir la visite de l'ennemi.

Trois mois s'écoulèrent au milieu de ces préparatifs, sans que l'ennemi se montrât, sans qu'on aperçut un seul canot de sauvages. On commençoit à croire qu'on avoit pris des précautions superflues, car le retour des sauvages n'é-

(*a*) On appelle abattis, une grande quantité d'arbres coupés, croisés entr'eux et dont les branches s'entrelacent les unes dans les autres. On barre le chemin à l'aide de ces arbres, qui embarrassent et interrompent le passage.

(*b*) On appelle munition ou munitions, les provisions de guerre, la poudre, les boulets, les cartouches à mitrailles, en un mot tout ce qu'il faut pour servir un canon.

n'étoit guères probable ; l'ennemi n'avoit pas vu d'habitans ; les seuls Indiens qui les eussent aperçus étoient restés sur la place ; on comptoit sur la tempête qui avoit ou détruit ou dispersé la flotille, ou du moins persuadé aux sauvages que l'île étoit protégée par une puissance surnaturelle, ou qu'elle contenoit des intelligences supérieures et malfaisantes. Tous ces motifs n'étoient pas à rejeter ; cependant il valoit mieux, malgré toutes ces probabilités, malgré les apparences les plus rassurantes, se tenir sur ses gardes. La saison des pluies arriva ; et l'on employa ce temps à travailler à l'intérieur des habitations. On retira les canons du rempart, on les transporta avec les caissons, dans le magasin ; on interrompit le service des patrouilles.

Les sauvages n'abordoient jamais dans la saison des pluies, parce que, dans les gros temps, leurs canots ne tenoient pas la mer. Mais à peine eut-on la première belle soirée, avant-coureur de la belle saison, qu'on redoubla d'attention et de soins ; le rempart fut hérissé de canons, on distribua le poudre et les armes aux soldats, et tout fut mis en état de recevoir l'ennemi au moment où il paroîtroit.

Au premier beau jour de printemps, Atkins faisoit la patrouille ordinaire. Il avoit été absent pendant toute la journée, quand, le soir, on le vit revenir du haut du rocher avec une hâte incroyable, et criant de loin : „ Aux armes ! „ aux armes ! L'ennemi est là ! " Ces mots, sa course rapide, la précipitation ; avec laquelle il traversa le pont-levis et se jeta dans la forteresse, donna l'éveil à la garnison ; ou fut alerte au bout de quelques minutes, et Atkins fit son rapport.

Il avoit erré sur le rivage pendant toute la jour-

journée sans rien découvrir. Il étoit sur le point de regagner la forteresse, quand l'idée lui vint de monter sur le rocher à l'orient de l'île. De là, il avoit la vue sur toute la mer. Au bout de l'horizon il aperçoit des objet qui lui paroissent suspects. Ces objets approchent. C'est un grand nombre de barques ou de canots qui faisoient force de rames vers l'orient de l'île, pour aborder au même endroit où étoient débarqués les sauvages qui avoient incendié la cabane des Anglois. Il en avoit assez vu, pour voler au logis, et avertir le gouverneur. La circonstance que l'ennemi vouloit aborder au même endroit, fit naître au gouverneur l'idée de le tromper en abattant les cabanes qu'on n'avoit rebâties que très-légèrement, et de lui persuader par là que l'île étoit inhabitée depuis ce temps. On espéroit que dans cette fausse supposition, il se retireroit. Cette idée fut approuvée, et parce que l'ennemi ne pouvoit pas mettre pied à terre sous quelques heures, on eut le temps d'exécuter le stratagème.

Ensuite on plaça une sentinelle dans un lieu écarté, pour observer l'ennemi. Atkins se chargea de ce poste périlleux. Les ennemis débarquèrent, et comme on l'avoit prévu, ils se rendirent à l'endroit où la cabane avoit été brûlée. Ils furent surpris de ne voir ni cabane, ni habitans; ils avoient compté de trouver l'un et l'autre. Leur nombre montoit à quatre-cents, tous bien armés à leur manière. Ils portoient des javelots, des arcs, des flèches, des sabres de bois et des massues. Plusieurs d'entr'eux étoient peints sur le corps et sur le visage; d'autres portoient des panaches de plumes bigarrées sur la tête. Atkins et l'Espagnol qui étoit en sentinelle avec lui, remarquèrent que l'ennemi retournoit à grands cris vers ses canots; ils crurent, que les Indiens alloient se rembarquer, dans l'idée qu'il n'y avoit plus d'habitans dans l'île; mais ils furent bientôt détrompés.

Au lieu d'entrer dans leurs canots, ils les tirèrent à terre, et avec des cordes faites de joncs, ils les attachèrent à des arbres, formèrent ensuite un cercle, et après avoir poussé de grands cris qui retentirent au loin dans la forêt, ils se couchèrent à côté de leurs bateaux. Atkins, avec ses compagnons, retourna vers la forteresse, pour faire rapport de ce qu'il avoit vu.

Du moment où l'on fut instruit de l'arrivée de l'ennemi, Alonzo avoit fait passer sa petite armée en revue, avoit assigné à chacun son poste, et exhorté son monde à faire son devoir. Alonzo étoit général en chef; sous lui commandoient Barzello, ci-devant bas-officier espagnol, et Atkins, qui avoit succédé à ce dernier comme sergent. Atkins étoit généralement connu et estimé à cause de sa fermeté et de sa présence d'esprit; par cette raison, Alonzo lui confia un petit corps, avec la permission d'entreprendre, de son chef, ce qu'il croiroit avantageux à la colonie. Ce corps étoit composé de douze hommes, savoir Toby, Jack, Fernando, quatre Espagnols et quatre esclaves; ceux-ci portoient de longues piques ferrées, et des haches d'armes; les Européens étoient armés chacun d'un bon mousquet, de deux pistolets et d'un sabre. Alonzo avoit le reste des Espagnols, Robert et William sous ses ordres, avec les deux esclaves qui restoient encore. Ils éétoient tous armés comme les soldats d'Atkins. Trois hommes devoient garder la forteresse, pour que la famille du gouverneur et de ses deux frères ne restât pas seule et sans escorte.

Dès qu'Atkins eut fait son rapport, on alla aux voix pour décider, si l'on iroit au-devant de l'ennemi, ou si on l'attendroit derrière les remparts de la forteresse. Alonzo commença par demander leur avis aux deux commandans en second. Barzello préféra de se retirer dans la forteresse, d'y attendre le choc des ennemis et de le repousser avec vigueur. De cette manière, dit-il, nous sommes sûrs de la victoire, sans qu'il en coûte la vie à un seul homme. Mais Atkins rejeta ce conseil: „ si nous nous tenons renfermés dans nos remparts, dit-il, il est possible que l'ennemi ne nous vienne pas chercher; nous l'attendrons inutilement, et nous resterons dans l'incertitude à son sujet. Ou bien, s'il remarque notre intention de nous tenir cachés et à couvert, il prendra cette conduite pour lâcheté et manque de courage; nous lui abandonnons par là le reste de l'île, et nous ne pourrons nous en prendre qu'à nous de tous les désastres que nous éprouverons; ce sera notre faute, si nos plantations, nos cultures, nos arbres et nos champs sont dévastés et ruinés. Nous leur donnons le temps de parcourir impunément l'île toute entière; elle leur plaira sans doute, et avant que nous nous en avisions, ils enverront prendre chez eux femmes et enfans, et viennent s'établir ici. Il est toujours temps de regagner notre fort en cas d'échec.

Son conseil étoit trop avantageux pour ne pas être généralement approuvé. On fit reposer les

 sol-

soldats pendant quelques heures; c'étoit le soir, et on n'étoit pas pressé de se mettre en marche. Ensuite, après qu'Alonzo, Barzello et Atkins eurent concerté entr'eux tout ce qu'il falloit faire pour recevoir ou attaquer l'ennemi ils se mirent en marche au milieu de la nuit.

La tristesse de la pauvre femme et des pauvres enfans d'Alonzo est aussi naturelle que concevable; cependant Atkins leur rendit le courage, en leur promettant une heureuse issue de l'expédition.

Le corps d'armée, sous les ordres d'Alonzo et de Barzello, se plaça à l'entrée des rochers; Atkins, avec ses volontaires se porta l'espace d'environ un quart de mille en avant. Il arriva dans une vallée, où les sauvages ne pouvoient pénétrer que par un seul chemin, si leur but étoit de percer de ce côté. Atkins profita d'un abattis qu'on avoit fait longtemps auparavant, par précaution, et y prit poste. Ce fut à l'aube du jour qu'il y arriva. Toute la contrée étoit tranquille; on ne voyoit ni n'entendoit l'ennemi, quoique le bord de la mer ne fût qu'à la distance d'une petite demi-heure. Le soleil se lève; les sauvages le saluent avec des cris horribles. A ce bruit succède un nouveau silence, qu'interrompent de nouveaux cris; c'est l'ennemi qui se met en marche et qui avance dans les terres. A sept heures du matin on les voit arriver de loin; c'étoient des groupes irréguliers et confus de trente à quarante hommes; ils arrivent par pelotons le long de la vallée où Atkins étoit en embuscade avec les siens. „ Personne ne tire sans mon ordre exprès," dit Atkins à son monde. L'ennemi approche. „ Laissez passer la première troupe," continua-t-il, t-il, la seconde sera plus forte, et en vaudra plus la peine. Elle passe avec des hurlemens; la seconde approche à son tour. „ Ferons-nous feu?" demanda Fernando. „ Pas encore," répond Atkins; encore quelques pas!" Au moment où les sauvages étoient au point où il les vouloit, Atkins demande: „ Etes-vous prêts? Tous à la fois! Feu!" et les huits soldats tirèrent tous à la fois. Les mousquets étoient chargés à balles et à dragée; l'effet fut terrible. Au-delà de douze Indiens renversés à terre blessés et sanglans; le reste, immobile d'épouvante, et ne sachant se rendre raison de ce qui venoit d'arriver. Atkins profite de leur consternation, fait recharger les armes, et la seconde décharge exerce encore plus de ravages que la première. Même épouvante dans la troupe; ou plutôt la confusion et la terreur avoient triplé; car la première troupe étoit retournée sur ses pas, et la troisième avoit précipité les siens, pour apprendre la cause de ce terrible accident, et en voir de près les effets. Tous se rassemblent autour des morts et des blessés. Tous élèvent de longs et douloureux hurlemens, bien différens de ces hurlemens de guerre avec lesquels ils avançoient pour livrer le combat. Tous s'abandonnent à l'effroi et au désespoir. Ils s'imaginent que ce sont leurs dieux offensés qui combattent contr'eux, et qui les punissent de leur expédition, en les accablant sous la foudre.

Ils alloient fuir, et cette escarmouche eût peut-être commencé et terminé l'attaque, quand d'autres sauvages, moins avancés que leurs frères, et moins consternés, s'aperçurent que l'abattis étoit occupé par des Européens. Cette vue les enflamma de courage et de fureur; ils

 se

se portent à grands cris de ce côté. Atkins ne perdit pas la tête. „Tirez un à un, dit-il à ses gens, afin qu'ils ne puissent pas nous tomber sur le corps; les autres leur présenteront la baïonnette au bout du fusil." Lui-même ne fit pas feu à son tour, pour pouvoir d'autant mieux diriger les opérations. On fit trois fois un feu roulant; vingt sauvages payèrent de leur vie ou d'une partie de leurs membres, en cet assaut furieux; malgré cela, les autres se précipitoient toujours en avant. Une grêle de flèches tomba sur les colons; ils durent songer à la retraite. Atkins quitta le dernier le champ de bataille; une flèche l'atteignit au genou, il tomba, et fût devenu la victime de la fureur des Indiens, quand un esclave fidèle se jeta dans le gros des ennemis pour le sauver. Quatre ou cinq sauvages tombèrent sous la hache d'armes de ce brave; à la fin, le nombre l'emporta; il fut terrassé d'un coup de massue, et mourut sur la place. Un Espagnol qui vouloit sauver Atkins, eut un sort semblable. Une flèche lui perça les tempes de part en part; il tomba mort à côté de son camarade. Alors, les compagnons d'Atkins s'étant formés, revinrent tous à la charge; l'un deux tua l'Indien qui avoit le bras levé pour frapper l'Anglois; leur choc réuni dispersa l'ennemi qui se retira à quelque distance. Les Espagnols entraînèrent avec eux Atkins, qui s'étoit lui-même arraché la flèche de la plaie.

La petite troupe des Européens se replia sur le corps d'armée en continuant toujours à tirer, pendant que, de son côté, le corps d'armée, qui en étoit d'abord éloigné d'une demi-heure de chemin, après avoir entendu les premiers coups

coups de feu, s'avançoit du côté d'où ils partoient.

On auroit bien voulu emporter le corps mort de l'Espagnol, mais les Indiens pressoient les Européens de toutes parts. Ils n'inquiétèrent pas toutefois leur retraite, mais après avoir environné l'Espagnol et l'esclave, après avoir jeté des cris de victoire sur ces corps inanimés, ils exercèrent toute leur furie sur eux, brisèrent à coups de massue, détachèrent à coups de sabre, un membre après l'autre, & les fracassèrent avec une cruauté barbare. Leur joie, leur triomphe fut de courte durée; plusieurs de leurs blessés, qui dans la chaleur du combat n'avoient pas senti leurs plaies, perdirent leur sang, et tombèrent morts les uns après les autres.

Atkins et sa troupe joignit Alonzo. Il avoit oublié sa blessure, tant la perte de l'Espagnol et de l'esclave l'avoit affecté douloureusement. Il demanda au gouverneur de renouveller l'attaque avec un renfort de troupes. Le gouverneur lui refusa sa demande. „ Vous voyez, lui dit-il, que les Indiens, même après être blessés, se battent en désespérés; attendons la nuit. Les blessés qui se défendent encore, seront hors d'état d'agir, et le nombre de nos ennemis ne sera plus aussi disproportionné avec nos forces."

„ Vous avez raison, reprit Atkins, mais je ne sens pas ma blessure, elle ne m'empêche pas de combattre; qui sait, si demain je ne suis pas hors de combat!".

„ En ce cas, vous avez fait aujourd'hui votre devoir en homme de coeur, répondit Alonzo. Vous vous reposerez, nous nous battrons pour vous, et j'espère que vous serez content de nous."

 On

On se retira donc dans la forteresse. Si l'ennemi suivoit, on étoit sûr de le recevoir avec avantage, et de lui faire beaucoup de mal, sans qu'il pût en faire. Le feu de l'artillerie et de la mousquetterie donnoit aux Européens une grande supériorité néanmoins.

On devoit s'y attendre; et, s'il ne le faisoit pas, on devoit l'attirer sur ses pas. Alonzo repassa les rochers, fit allumer plusieurs feux pendant la nuit pour indiquer aux Indiens le chemin qu'il avoit pris, et arriva dans la forteresse. On leva le pont, on chargea les canons, on prépara les mêches, chaque soldat étoit assigné à son poste, au moment de l'alerte. Toby et Jack firent la garde, pendant que les autres reposoient. Ainsi se passa la nuit, ainsi se préparoit la grande journée qui devoit décider du sort de la colonie. Le soleil se lève. Jack et Toby aperçoivent les sauvages sur la crête des rochers, d'où ils pouvoient plonger dans la plaine. La garnison est éveillée, chacun court aux armes et à son poste.

Les ennemis étoient encore immobiles sur les rochers; ils n'avoient point encore découvert l'habitation des colons. Tout-à-coup ils aperçoivent la forteresse qui n'est éloignée des rochers qu'à la distance d'un petit quart de mille. Ils ne savoient que faire de cette masse inconnue, ils la prirent cependant pour la retraite et la demeure des blancs, et résolurent de s'y rendre. Au nombre de trois-cents, ils en prennent le chemin au milieu d'un bruit et d'un murmure sourd et continuel. Ils s'arrêtent au bord du fossé dont la largeur et la profondeur les étonne et les arrête. Bientôt ils agitent leurs armes, frappent de leurs massues et de leurs

sa-

sabres contre leurs piques, et élèvent des cris qui auroient fait trembler l'homme le plus intrépide. Alors Alonzo ordonna qu'on tirât un coup de canon par-dessus leurs têtes, pour juger de l'effet que le seul bruit de cette arme feroit sur eux, espérant qu'il suffiroit pour les disperser et leur faire regagner leurs canots. Atkins n'étoit pas de cet avis. Ce coup suffiroit pour mettre en fuite les ennemis, s'ils ne connoissoient point encore les Européens. Ils le prendroient pour un coup de tonnère, ils croiroient leurs dieux irrités contr'eux, ils finiroient le combat; mais ces Indiens-ci continua-t-il, nous connoissent de vue. L'Espagnol qui est tombé en leur pouvoir, leur prouve que nous sommes des hommes ainsi qu'eux-mêmes. Il faut des mesures plus sérieuses, plus vigoureuses, si nous voulons à l'avenir nous délivrer de nos ennemis.

Barzello et les autres colons furent de son avis. Le tumulte devant la forteresse continuoit, alloit en augmentant; les sauvages redoubloient de hardiesse et d'audace; ils faisoient mine de descendre dans le fossé et d'escalader le rempart. Peut-être, qu'à l'aide de leurs corps souples et agiles ils seroient parvenus à leur but; le gouverneur jugea qu'il étoit temps de les en empêcher. Il donna ordre de mettre le feu à un canon; au moment où le coup terrible partit, les sauvages n'avoient encore aperçu personne; le boulet donna dans le gros de l'ennemi, en tua quelques-uns. Toute la troupe tomba à terre d'épouvante; on se releva un à un et lentement; on entoura les morts, qui nageoient dans leur sang. Pendant qu'ils les considéroient, Alonzo fit pointer et décharger sur eux un seconde charge à mitrailles. L'effet du coup fut encore plus terrible; un grand nombre d'ennemis resta mort sur la place; un plus grand nombre fut blessé et poussa des hurlemens terribles, pendant que ceux que le coup avoit épargnés, étoient immobiles, et ne savoient d'épouvante où porter leurs pas. Alors le gouverneur fit voler un boulet par-dessus leurs têtes, et ce troisième coup les rendit à eux-mêmes; pleins de terreur, ils prirent tous à la fois la fuite, et coururent aux rochers et à leurs bateaux, en laissant pour le moins le quart ou le cinquième de leur petite armée sur les bords du fossé ou dedans. La garnison sortit de la forteresse; elle compta jusqu'à trente Indiens morts.

Dès que les sauvages furent hors de la vue de la forteresse, on réfléchit à ce qu'il falloit faire. Il y avoit deux avis, entre lesquels on devoit se décider.

Ou bien, on permettoit à l'ennemi de regagner ses bateaux et de s'embarquer; ou bien on le poursuivoit jusqu'à l'extinction totale.

Les sauvages avoient repassé les rochers; ils s'étoient rassemblés tristement et sans courage dans la forêt, à l'endroit où le premier combat avoit eu lieu. La vue des corps morts de la veille n'étoit guère propre à les encourager. Jack et Toby, témoins qui les avoient suivis et observés de loin, témoins de leur abattement, en firent rapport au gouverneur. Le soir arrive; il faisoit pendant toute la nuit un beau clair de lune, ce qui engagea les colons à préparer une nouvelle attaque. La question étoit: pourrons-nous approcher de l'ennemi sans être aperçus? Le corps des Européens étoit réuni à l'exception des trois hommes qui de-

vo-

voient rester dans la forteresse, et d'Atkins dont la blessure étoit plus dangereuse qu'on n'avoit cru d'abord. Robert et William qui connoissoient parfaitement cette partie de la forêt, conduisirent par des détours les colons à l'endroit où la troupe découragée des Indiens se tenoit couchée. Il faisoit si clair qu'on auroit pu les compter. Les trente soldats firent feu à la fois, rechargèrent leurs armes, et une douzaine d'entr'eux firent une seconde décharge qui acheva la confusion de ces malheureux. Les sauvages prirent la fuite à la débandade et coururent au bord de la mer pour sauver leur vie, le reste gagna les bateaux, plus morts que vifs.

Nouveau revers! Tout sembloit s'être conjuré contre ces malheureux. Une tempête terrible commença à s'élever du côté de la mer; les vagues poussèrent les bateaux détachés contre le rivage; en fracassèrent plusieurs, et enfoncèrent le reste si avant dans le sable que les Indiens ne purent les remettre à flot. (*)

Quelque satisfaits que fussent les colons de leur victoire, ils ne se donnèrent pas un instant de relâche ni de repos, malgré tout le besoin qu'ils en avoient. Ils poursuivirent de nouveau les fuyards, au nombre de plus de deux cents, et les trouvèrent épars sur le rivage. Le spectacle de ces malheureux qui se voyoient sans ressource, étoit de plus attristant. Alonzo eut pitié d'eux. Il ordonna à dix de ses gens de faire feu par-dessus leurs têtes, pour voir s'ils se défendroient ou prendroient encore la fuite. Ils ne songèrent pas à resister; à peine eurent-ils entendu le coup, qu'ils se débandèrent le long du rivage et coururent se jeter dans un petit

(*) C'est faire rentrer les bateaux dans l'eau.

petit bois voisin. Alonzo auroit préféré de les voir rentrer dans leur bateaux; mais le reste de la colonie s'opposoit à ce voeu, et ne vouloit pas perdre les avantages qu'on pouvoit tirer de la consternation et de l'abattement de ces infortunés. Il faut, dirent les Espagnols, il faut détruire entièrement les bateaux, et couper à l'ennemi tout retour dans sa patrie. Alonzo objecta le désespoir des Indiens, et les maux qu'ils pourroient causer aux habitans de l'île en se dispersant; en l'infestant, en forçant les colons de les poursuivre dans les forêts comme des bêtes féroces. Il craignoit que les renfermer dans l'île, c'étoit exposer la vie de plus d'un des habitans, et rendre la culture et les communications incertaines. D'un côté, Alonzo n'avoit pas tort, et peut-être qu'on eût laissé aux sauvages la liberté de se retirer après la tempête; mais Robert observa, qu'il valoit mieux combattre et détruire une couple de centaines d'individus que d'avoir sans cesse à recommencer avec peut-être autant de tribus différentes. Il opina à brûler les bateaux sur-le-champ; et son conseil fut suivi. On les rassembla sur la côte, on les entoura de bois sec; dans quelques minutes, bientôt le feu qu'attisoit le vent de tempête, rendit l'incendie général. Les sauvages virent la flamme qui dévoroit leurs bateaux. Quelques-uns osèrent approcher. On distingua leur chef par un panache de plumes qui ornoit sa tête; il tenoit un rameau à la main, et s'agenouilla devant les colons, lorsqu'il fut à cinq ou six pas d'eux. Ensuite il se releva, et du ton le plus humble et le plus pitoyable il fit un discours qui ne fut compris que d'un des esclaves des blancs, et que celui-ci ex-

expliqua aux colons. Il promettoit de se retirer sur-le-champ, si on vouloit leur en accorder la permission, et de ne jamais revenir. Mais on n'eut point égard à la proposition; les bateaux furent réduits en cendres, et l'espoir de ces malheureux de revoir jamais leur patrie, en fumée. Le député leur rapporta cette accablante nouvelle. Elle fut reçue avec des hurlemens terribles; et, ce que le gouverneur avoit craint, elle les remplit d'un affreux désespoir, qui se changea en fureur et en frénésie. N'ayant plus rien à ménager, ils n'épargnèrent rien. La cabane d'Atkins fut la première sur laquelle ils exercèrent leur furie. Ils la rasèrent, foulèrent aux pieds les champs ensemencés, découvrirent et détruisirent de fond en comble le fort de Robinson. Rencontroient-ils un citronnier, un cocotier, ils en arrachoient les branches, ou le dèracinoient; et sans le magasin bien fourni des colons, ceux-ci auroient péri de faim et de disette.

Ces pertes étoient d'autant plus irréparables que les Européens n'osoient pas hasarder de sortir de la forteresse pour faire le travail des champs. Ils passèrent tout ce temps dans la plus grande inquiétude et courant risque de la vie. Ils avoient à la vérité vaincu les sauvages, mais ils n'étoient pas assez forts pour les poursuivre ni pour les extirper. S'ils en rencontroient quelqu'un, le sauvage étoit plus agile à la course qu'eux, d'ailleurs, les colons n'osoient pas s'écarter de la forteresse, de peur d'être environnés et massacrés par les Indiens. Heureusement que ceux-ci manquoient de flèches, que, faute d'instrumens tranchans, ils ne pouvoient fabriquer.

Par-

Par tous ces motifs le gouverneur se vit obligé malgré lui, de prendre des mesures efficaces pour mettre les sauvages hors d'état de nuire à la colonie. Il donna l'ordre de faire une chasse générale, de les acculer à l'extrémité méridionale de l'île, et de les y tenir renfermés afin que si d'autres sauvages abordoient du côté opposé, ils ne pussent découvrir aucune trace de leurs compagnons. L'ordre quelque dur qu'il fût en lui-même, s'exécuta. On resserra les sauvages de plus en plus; ils avoient tellement perdu courage que le seul bruit d'une arme à feu les renversoit; le coin qu'ils occupoient ne suffit pas long-temps à leur subsistance; la disette, la faim en diminua considérablement le nombre. On en trouvoit tous les jours qui avoient de l'herbe et des feuilles dans la bouche et qui avoient misérablement péri de faim dans la forêt.

Le malheur des sauvages touchoit tous les coeurs de la colonie, et surtout celui du gouverneur, qui plus d'une fois fit à Robert des reproches amers au sujet du conseil qu'il avoit donné de brûler les bateaux. Alonzo proposa de sauver le reste, et pour cet effet, de tâcher de s'emparer de la personne d'un de ces malheureux. C'étoit aisé. Robert, qui se reprochoit autant que les autres, le conseil qu'il avoit donné, amena dès le lendemain un sauvage qu'il avoit pris, et qui étoit tellement foible qu'il avoit de la peine à marcher. D'abord, le prisonnier se montra intraitable; il ne vouloit ni manger ni boire, et ne faisoit que gémir et sanglotter. Alors Alonzo fit venir le jeune esclave que Robert et William avoient quelque temps auparavant attaché à un arbre, comme il vous

vous souviendra, et que le gouverneur avoit pris à son service à cause de son caractère doux et insinuant. Cet esclave demeuroit dans la maison du gouverneur; il avoit adopté les usages des Espagnols, il en avoit un peu appris la langue. Le sauvage gémissoit tristement à l'entrée du pont-levis, et refusoit obstinément tout secours, quand ce jeune esclave vint à lui, et sans lui dire mot, se jeta à son cou.

Les deux jeunes gens se reconnurent. Ils étoient compatriotes; ils avoient, dans leur jeunesse, habité la même cabane. Leur joie, en se retrouvant ici, fut sans bornes. Le valet d'Alonzo raconta à son ami tous les détails de son genre de vie actuel; il lui peignit son contentement et son bonheur; il lui dit que le Cacique (c'est ainsi qu'il appeloit le gouverneur) avoit pour lui des soins et des bontés de père, et lui avoit enseigné une quantité de choses nouvelles et utiles. Le prisonnier étoit toute oreille à ce récit, et quand son ami l'eut assuré que tous les sauvages enfermés dans l'île pouvoient, s'ils le vouloient, être tout aussi heureux, il s'élança de sa place et se jeta aux pieds du gouverneur. Dès ce moment, il mangea et but avec beaucoup d'appétit.

Le valet d'Alonzo proposa qu'on lui permît d'aller avec le prisonnier trouver le reste des sauvages, et de leur faire les mêmes propositions. On lui en accorda la permission avec plaisir. Dès le lendemain il fut de retour, et manquoit d'expressions pour dépeindre la joie de ses compatriotes à l'ouie des offres de la colonie.

Le même jour, Alonzo avec une forte escorte, se rendit chez les sauvages, qu'il trouva tristement assis sur le bord de la mer; de cette mer qui

qui les séparoit de tout ce qui leur étoit le plus cher au monde. Leurs regards s'animèrent, la joie se peignit dans tous leurs traits, à la vue des vivres que leur apportoient les esclaves de la colonie, et que le gouverneur leur avoit destinés. C'étoient plusieurs pains, des paniers remplis de fruits et quelques lamas rôtis. Toute défiance, toute crainte disparût à la vue de ce présent. Ils l'acceptèrent avec autant de reconnoissance que de joie.

Le nombre des sauvages se montoit encore à cinquante environ; le reste de quatre-cents. Alonzo leur fit expliquer, après qu'ils furent rassasiés, les conditions auxquelles il vouloit non seulement leur faire grâce de la vie, mais encore leur accorder le logement, l'entretien et une entière protection. Consistant dans les articles suivants:

Primo, ils devoient s'établir dans la contrée de l'île, où ils se trouvoient alors. C'étoit une belle plaine, pareille à celle où les colons avoient construit leur forteresse. Elle auroit un mille de long sur à-peu-près autant de large; une chaîne de rochers l'environnoit; et d'un autre côté, elle étoit bornée par la mer. Plusieurs ruisseaux l'arrosoient; le long du rivage s'étendoit une forêt. Ils devoient construire sur la lisière du bois un nombre suffisant de cabanes, et la colonie leur fourniroit les instrumens nécessaires, et leur montreroit la manière de s'en servir. Ensuite, ils défricheroient la contrée et la rendroient propre au labour et au jardinage. Les colons leur fourniroient encore les directions et les graines nécessaires. Pour tous ces bienfaits, ils promettroient au gouverneur, soumission et obéissance à la colonie, union et concorde ; et, en cas de guerre avec d'autres sauvages, fidélité & assistance. Le gouverneur fut présent à toute la négociation, son valet servoit de truchement, & lui présenta les caciques ou chefs de la troupe ; tous lui rendirent hommage, comme des sujets à leur souverain.

De cette manière, la colonie prit un accroissement considérable, & se procura, d'un coup de filet, un grand nombre d'habitans honnêtes, utiles & laborieux, & on verra dans la suite que ce n'est pas à tort qu'on les qualifie ainsi.

Depuis long-temps, Alonzo n'avoit pas eu une journée aussi agréable que celle où la paix avoit été conclue avec les sauvages. Sa satisfaction redoubla encore quand Diégo & Fernando lui eurent assuré que les Indiens ne violoient jamais une paix jurée. De son côté, il donna aux colons les ordres les plus sévères d'éviter tout ce qui pourroit irriter leurs nouveaux alliés, & de faire tout ce qui pourroit servir à resserrer les noeuds de cette nouvelle union. Ensuite il réfléchit avec ses compagnons sur ce qu'il y auroit de mieux à faire pour la prospérité & la culture morale & civile de cette nouvelle colonie, & pour leur faire oublier leur ancienne patrie en faveur de la nouvelle.

Il songea en premier lieu à leur habillement. Il lui importoit de réveiller dans ce peuple simple & innocent le sentiment de la pudeur & de la décence ; il ne pouvoit consentir à laisser nus & sans aucun vêtement, en un mot dans l'état de la pure nature, des hommes qu'il se proposoit de civiliser. Vous vous rappellerez par l'histoire de Robinson, qu'il croissoit dans son île une plante, laquelle avoit beaucoup de rapport & d'affinité avec notre lin. Les colons

 avoient

avoient multiplié & perfectionné cette plante par la culture ; ils en avoient fait une espèce de toile. C'étoit, à la vérité, un tissu grossier, plus propre à faire des sacs & des voiles que des chemises ; mais, telle qu'elle étoit, cette toile grossière rendit de grands services à la colonie. Dans ce moment, tout ce qui savoit coudre, se mit à l'ouvrage ; on fit cinquante vêtemens de matelots pour les sauvages ; savoir, une jaquette, des hauts-de-chausses et une chemise pour chacun. Ils furent bientôt achevés, & l'esclave ou le valet d'Alonzo les porta à ses compatriotes. Des enfans se réjouissent moins à la vue d'un habit neuf dont on leur fait présent, que ne le firent les sauvages à la vue de ces nouveaux vêtemens. Il est vrai, que leur première toilette fut un peu lente ; mais avec le secours de l'esclave d'Alonzo, cela alla assez bien. Ils s'y étoient pris d'abord tout aussi gauchement que Vendredi lorsqu'il s'accoutra la première fois d'un vêtement européen. Mais quand ils furent tous habillés, leur joie, leur étonnement, leur curiosité étoient vraiment plaisants ; ils se regardoient eux-mêmes, ils se regardoient les uns les autres ; dans leur nouvel habillement ils se croyoient de nouveaux hommes ; en un mot, & dans toute la force & l'étendue du terme, ils ne se reconnoissoient plus. Dès qu'ils furent vêtus, Alonzo & sa famille allèrent les voir, pour aviser à ce qu'il y avoit de plus à faire. On résolut de leur procurer avant toute chose des habitations & des jardins ; les charpentiers, les maçons, les menuisiers furent mis en réquisition. Alonzo avoit mis, cette fois, son uniforme de capitaine espagnol ; ils le reçurent avec un nouveau respect, prononcèrent plus de cent fois le mot de cacique, & s'empressèrent de lui offrir des présens en retour de celui qu'ils venoient de recevoir ; des fleurs & des coquillages qu'ils avoient rassemblés sur le bord de la mer. Ils firent ces présens avec cette bonhomie & cette simplicité ingénue, qui caractérisoient la nature de leurs sentimens & de leur reconnoissance. En un mot, Alonzo s'aperçut qu'il avoit affaire à des gens honnêtes & non-corrompus, & dont, avec le temps & la douceur, il pourroit faire tout ce qu'il voudroit.

N'est-ce pas-là ce qui leur fait le plus grand honneur, que d'être bons & innocens sans la moindre culture ? Etoit-ce leur faute d'avoir eu pour pères & mères des sauvages, & d'avoir été élevés de la manière usitée parmi ces nations ? Vous riez jeunes lecteurs, de leurs usages, de leurs folies ; vous avez horreur de leurs coutumes, & pourquoi ? parce que vous avez eu le bonheur de jouir d'une éducation plus soignée & plus raisonnable. Si vous aviez été élevés au milieu de cette peuplade, vous trouveriez leurs folies aimables, & leurs habitudes sensées. Vous auriez peint vos mains & votre visage, si vous étiez enfans des sauvages de distinction, & vous ne vous seriez pas fait prier à deux fois, lorsqu'on vous eût invités à un morceau de rôti de chair humaine d'un ennemi de votre tribu.

En général, mes jeunes lecteurs, remarquez bien, qu'il ne faut jamais apprécier le bien que vous trouvez dans autrui, d'après vous-mêmes, d'après le bien qui est en vous, mais d'après l'homme chez lequel vous le trouvez. Je veux dire par là, que vous devez avoir égard aux facultés intellectuelles, aux talens, aux lumiè-

 res,

res, aux occasions de s'instruire, au genre d'éducation qu'on a reçue.

Ces hommes n'avoient jamais reçu la moindre instruction; personne ne leur avoit enseigné ce qui est bien, ce qui est mal; dans leur ignorance qui avoisinoit celle de la bête, ils vivoient sans aucune espèce de culture; ils ne connoissoient ni les arts ni les sciences; ils ne distinguoient le juste de l'injuste que par un sentiment confus, une espèce d'instinct naturel. Nous ne pouvons pas les juger d'après nous & d'après les nations civilisées de l'Europe; nous devons les prendre tels qu'ils sont, d'après leur mesure, & non d'après la nôtre; tels qu'ils sont, & non tels qu'ils devroient être. Dans toutes les nations, il y a des hommes qui sont aussi bons, aussi parfaits qu'ils peuvent l'être par une suite de leur éducation, de leurs relations, de leurs lumières & de leurs connoissances & les honnêtes sauvages qu'Alonzo a incorporés à sa colonie, sont de ce nombre.

Continuons. Alonzo, comme je l'ai dit plus haut, Alonzo avoit pris avec lui des menuisiers, des charpentiers, des maçons, qui, parce qu'il n'y avoit pas de temps à perdre, s'étoient tous munis de leurs instrumens & de leurs outils. Les sauvages, qui n'avoient rien vu de pareil, contemploient tous ces instrumens comme des choses surnaturelles, s'en approchoient avec respect, & n'osoient en toucher aucun. Alonzo donna ordre aux charpentiers de choisir dans la forêt voisine autant d'arbres droits & bien-venus qu'il en falloit pour la construction d'une grande maison composée du seul rez-de-chaussée. Rien de plus facile à trouver dans une forêt qui abondoit en arbres de cette espèce. Pour donner aux sauvages une idée imposante & frap-

panparte de l'excellence des instrumens & des outils de l'Europe, il se fit suivre dans la forêt par les principaux de leurs chefs, qu'il reconnut aisément à leurs panaches de plumes bigarrées, & à la peinture de leurs visages ; il leur montra un grand arbre, & leur ordonna de l'abattre avec leurs haches de pierre. Ils ne comprirent pas d'abord ce que le gouverneur leur commandoit ; il fut obligé de leur faire signifier le même ordre par son valet, leur compatriote. Les bons sauvages se mirent à l'œuvre ; après deux heures de travail, ils avoient à peine fendu la première écorce. Alonzo leur fit entendre qu'ils devoient se dépêcher, & leur montra plusieurs arbres, en faisant signe qu'il falloit qu'ils fussent tous abattus avant la fin de la journée. Les pauvres diables haussèrent les épaules en signe d'impossibilité, & firent dire au gouverneur par leur truchement, qu'avec leurs haches ils auroient huit jours à faire pour en abattre un seul. Alonzo vit leur embarras, & s'en amusa. Il ordonna en souriant à ses charpentiers d'abattre l'arbre avec la plus grande célérité. C'étoit une bagatelle pour eux, d'abattre un arbre d'une aune de diamètre. Les haches tombèrent coup sur coup sur le tronc ; de gros éclats voloient à chaque coup, & l'arbre tomba avec un bruit terrible. Cinq autres furent abattus dans l'espace de trois heures. Ensuite, avec une scie longue, les charpentiers séparèrent du reste la partie du tronc dont ils avoient besoin pour en faire les poutres & les solives. Les sauvages étoient tout yeux ; ce qui les intéressoit le plus, c'étoit la scie ; ils n'avoient aucune idée de cet instrument ; ce n'étoit pas comme les haches qui ne différoient des leurs que par la matière.

Leur étonnement augmenta au moment où les charpentiers se mirent à préparer leur dîner. Ils avoient fait connoître aux sauvages l'envie qu'ils avoient de leur faire allumer du feu, pour ne pas se détourner eux-mêmes de leur ouvrage. Ceux-ci avoient cherché inutilement dans la forêt deux espèces de bois différentes ; il n'y avoit que du bois dur, & vous savez que pour allumer du feu, les sauvages frottoient un morceau de bois dur contre un morceau de bois mou. Les charpentiers eurent pitié de l'inutilité de leurs recherches, en même temps qu'ils ne pouvoient s'empêcher de rire de leur embarras & de leur inquiétude. A la fin, ils les rappellent, entassent devant leurs yeux un peu de bois sec & des copeaux, l'un d'eux tire son briquet de la poche, & le montre aux sauvages qui le considèrent avec assez d'indifférence. L'Espagnol le reprend, bat du feu, & dans une minute le bois brûle. Les Indiens qui n'avoient jamais rien vu de semblable crient au miracle ; ils venoient de manier le briquet, la pierre, l'amadou ; tout étoit froid, & ces étincelles, & ce feu ! Les ouvriers y mettent cuire un pot de riz, des patates, de la viande de lama ; nouveau phénomène pour les sauvages qui voient le riz & les patates bouillir & danser dans le pot, & à la fin siffler & bruire.

Ces sauvages-ci ne connoissoient pas du tout les patates ; du moins ne savoient-ils pas qu'on pût les manger. D'abord, ils regardèrent manger les charpentiers de bon appétit ; ensuite, à force de sollicitations, ils partagèrent leur repas. Ils trouvèrent du goût à ce nouveau légume, & les ouvriers n'auroient pas été rassasiés eux-mêmes, s'ils avoient voulu rassasier toute l'assemblée.

Après avoir dîné, ils se remirent à l'ouvrage; ils équarrirent les arbres tandis que les maçons creusoient & posoient les fondemens; on dressa les poutres; on garnit le toit de lattes & de contre-lattes; on le couvrit de roseaux; on bousilla les travées avec de la terre grasse. Le menuisier attacha la porte qu'il avoit faite, & arrangea dans l'intérieur des tables & des bancs. Tout fut fait dans l'espace d'une semaine. Les bons sauvages ne pouvoient comprendre comment ce bâtiment croissoit en quelque sorte de terre, comment des mains d'hommes produisoient de tels prodiges. Quelques-uns des anciens esclaves de la colonie entassèrent dans un coin de la maison des feuilles sèches & du foin, & indiquèrent aux sauvages leur nouveau gîte, dont ils se trouvèrent d'autant mieux, que jusques-là ils avoient passé les nuits à la belle étoile.

Ils témoignèrent la même surprise, en voyant les premières opérations du jardinage. Ils ne comprenoient rien du travail du jardinier, quand ils le voyoient bêcher ou remuer la terre. Ils s'imaginoient que leur compatriote se moquoit d'eux quand il les assuroit, que dans cette terre ainsi remuée on planteroit des arbres, des patates & d'autres légumes, qui s'y multiplieroient au décuple et au-delà. Alonzo remarqua en même temps en eux le penchant qu'a tout sauvage, et tout homme en général, à l'imitation, dèsqu'il voit quelque chose de nouveau. C'est sur cette expérience qu'il fonda le plan de la culture de ses nouveaux colons; il fit demeurer un charpentier, un maçon, un jardinier parmi eux. L'instruction commença. Le but d'Alonzo étoit de les former insensiblement à plusieurs métiers utiles, et à leur enseigner des arts et des occupations nouvelles. Les magasins fournirent une quantité suffisante d'outils et d'instrumens nécessaires, comme p. ex. des haches, des cognées, des scies, des hoyaux etc., afin que les sauvages apprissent à en connoître l'usage, et à les manier. Ils s'y prirent dans le commencement avec bien de la gaucherie, comme vous pouvez croire; à peine savoient-ils tenir dans leurs mains ces outils, et les enfans d'Alonzo pouffoient de rire, quand ils voyoient le charpentier conduire la hache, et le jardinier, le hoyau, dans la main du sauvage, comme le maître d'écriture mène la plume entre les doigts de son écolier. Souvent ils se blessoient, mais sans témoigner de l'humeur, sans se rebuter pour cela; au contraire, ils regardoient alors ces instrumens comme quelque chose de surnaturel, et redoubloient d'égards, de respect à leur égard, et d'empressement à se rendre dignes de l'honneur de les manier.

C'est qu'ils ne connoissoient point tous ces outils. Que diriez-vous par exemple, si vous n'aviez jamais vu de ballon aérostatique, si vous n'en aviez jamais entendu parler, et que, tout à coup, vous vissiez quelques hommes passer dans l'air par-dessus votre tête? En quoi différeriez-vous de ce paysan de Livonie, qui trouva un jour une montre, et la prit pour un instrument enchanté, parce qu'elle renfermoit, selon lui, un être vivant? Et voilà ce qui arriva aux Indiens; tout ce qu'ils voyoient, étoit nouveau pour eux, et les remplissoit par conséquent de surprise. Ce qui les étonnoit le plus c'étoit l'arme à feu et les effets qu'elle produisoit. Alonzo avoit pris sur lui un fusil léger, chargé de dragée et fait pour la chasse aux oiseaux; son fils Piétro s'en étoit emparé, et s'étoit écarté un peu de la troupe, pour tirer

con-

contre les oiseaux. Les sauvages avoient admiré ce fusil si bien travaillé, sans avoir la moindre idée de l'usage qu'on pouvoit en faire. Piétro étoit un petit espiègle qui s'amusoit à jouer des tours innocens à ceux qui se laissoient attraper par lui. Il persuada à quelques sauvages de le suivre dans la forêt; il vit, sur le bord d'un marais, un gros oiseau de la figure d'un canard. Il le montra à un des sauvages qu'il avoit pris par la main; il lui montra ensuite son fusil, & mira. L'Indien & ses camarades suivoient tout cela des yeux sans la moindre espèce d'inquiétude; mais quelle fut leur épouvante, lorsqu'ils entendirent partir le coup, lorsqu'ils virent le feu, la fumée, & que l'oiseau blessé s'agitoit devant eux dans les roseaux! Ils restèrent immobiles & sans voix, & ne reprirent leurs sens qu'après que Piétro eût été chercher l'oiseau; alors leur épouvante fit place à la surprise; ils ne concevoient pas comment il étoit possible de tuer un animal à une pareille distance, sans se servir d'un arc & de flèches. Il s'en fallut peu qu'ils ne se fussent mis à genoux du petit espiègle, & qu'ils ne l'eussent adoré comme leur Toupan. Piétro tâcha en vain de les rassurer & de leur prouver qu'il n'avoit voulu que rire un peu; la confiance avoit fait place à la crainte, & à cette douce sécurité qui avoit si fort plu au jeune homme, succéda une timidité, une anxiété qui lui fit beaucoup de peine.

Son père les eut bientôt joints; il craignoit que Piétro n'eût découvert aux sauvages le mystère d'une arme à feu, & il n'en étoit pas encore temps. On ne pouvoit pas le blâmer du mystère qu'il faisoit d'une chose qui donnoit aux Européens une supériorité sur les Indiens, dont ils avoient besoin, vu la disproportion du nombre,

bre, pour leur tenir tête. Il en avoit usé de même avec ses anciens esclaves qui avoient à la vérité vu & entendu tirer, mais sans être au fait de la construction & du maniement d'une arme à feu.

A quelques jours de là, le gouverneur fit inviter dans la forteresse les six ou huit chefs des Indiens, & se proposa de rendre cette visite imposante pour le reste de la tribu. Il les fit avertir dès le matin de se rendre chez lui. A leur arrivée, ils trouvèrent toute l'armée du gouverneur, forte de vingt hommes, sur le glacis de la forteresse.

Leurs armes brilloient au soleil. Le spectacle étoit aussi nouveau que superbe aux yeux des sauvages. Etoient-ce-là des hommes qu'ils voyoient ? leurs semblables ? les mêmes qu'ils connoissoient depuis longtemps ? ou étoit-ce un charme ? une apparition ? Ils ne savoient que penser. Le gouverneur qui commandoit l'armée en personne, lui fit faire plusieurs évolutions, & la fit défiler devant lui au bruit d'un cor de chasse. Les Indiens n'avoient jamais rien vu, rien entendu de pareil ; ils étoient en extase. Alonzo fit jouer une marche plus gaie, plus rapide, & tous les Indiens se mirent en mouvement & commencèrent à danser. La joie brilloit dans leurs yeux ; ils faisoient à côté de la troupe militaire, des sauts & des bonds si plaisans & si ridicules que le gouverneur & tous les siens en rirent aux éclats. Mais que cette joie fut de courte durée pour les pauvres Indiens ! Alonzo fit faire feu à sa troupe. Autant la musique les avoit réjouis, autant la vue des soldats enveloppés de fumée, d'où sortoient de nouveaux éclairs & de nouveaux tonnerres, les effraya !

fraya ! Ils se rappeloient les pertes que ces foudres leur avoient fait essuyer depuis peu ! Ils crurent que leur dernière heure avoit sonné, & qu'ils alloient partager le sort de leurs malheureux compagnons. Ils restèrent près d'une demi-heure dans l'attitude de supplians, sans oser lever les yeux, sans avoir le courage de se relever, jusqu'à ce qu'à la fin, s'apercevant que personne d'entr'eux n'étoit mort ni blessé, ils se relevèrent les uns après les autres, & en tremblant. Le nuage de fumée s'étoit dissipé. Les Indiens ne savoient pas encore s'ils devoient en croire leurs yeux ; cependant le silence qui succéda au tonnerre, et la fumée qui s'éloignoit le long du rocher, leur prouva qu'ils n'avoient plus rien à redouter. Pour leur rendre la joie et le courage, Alonzo ordonna qu'on jouât un air de danse. Cet air acheva de faire disparoître toute crainte, & ces pauvres créatures, qui l'instant d'auparavant s'étoient regardées encore comme des victimes dévouées à la mort, se donnèrent les mains, sautèrent et dansèrent gaiement en rond, et frappèrent la terre en cadence.

Après l'évolution militaire, Alonzo prit avec lui dans la forteresse ses hôtes panachés et peints. Sur le bord extérieur du fossé tout le monde fit halte, parce qu'Alonzo avoit ordonné de lever le pont, jusqu'à ce qu'il fît signe de l'abaisser. Le voilà avec ses hôtes devant le fossé, sans que ceux-ci pussent comprendre la possibilité de le passer. Ils s'imaginoient peut-être que les Européens, à qui rien n'étoit impossible, le franchiroient en volant, mais en même temps ils regrettoient de ne pas pouvoir voler comme eux. A un signal donné, le pont-levis, qui lorsqu'il étoit levé, faisoit en même temps la porte de la forteresse, s'abaisse. Les sauvages con-

contemplent cette nouvelle machine avec surprise ; à peine osent-ils suivre le gouverneur qui veut les faire passer avec lui, et qui eut besoin des plus vives sollicitations pour les y engager. Mais quels yeux ils firent ! comme ils se frappèrent dans les mains en voyant des maisons auxquelles les cabanes de leur patrie n'étoient nullement comparables. Combien leurs idées du pouvoir & des forces des Européens s'accrurent. Quelles intelligences, que celles avec lesquelles ils étoient entrés en relation ! Comme ils regardoient, comme ils examinoient tout avec des yeux de surprise et de curiosité ! Comme leur étonnement, leur admiration augmenta, quand ils furent entrés dans l'intérieur des maisons ! quand ils virent les portes, les tables, les meubles, les habillemens ! Tout étoit neuf, tout étoit une énigme pour eux ; et surtout les vitres. Ils ne pouvoient pas comprendre qu'un corps pût être à la fois aussi transparent et aussi dur.

Tout à coup, un des Indiens commença à faire un bruit terrible. Alonzo s'effraya ; il crut que le malheureux s'étoit blessé, et courut à son secours. Ce n'étoit pas cela ; et quand même Alonzo auroit été l'homme le plus sérieux du monde, il auroit été forcé de rire, en apprenant la cause des cris & de la frayeur de son hôte.

Cet Indien étoit le principal de sa tribu ; il se distinguoit par une peinture plus bigarrée, et par la hauteur de son panache de plumes de perroquet. Il n'y avoit que lui, de toute sa troupe, qui osât porter ces marques de distinction. Fier de cette préférence, il aperçoit tout d'un coup un autre Indien que lui, qu'il ne connoît pas,

et

et qui porte les mêmes marques d'honneur. Son ambition se reveille, il menace le téméraire qui ose l'imiter, & ce téméraire le menace à son tour.

C'étoit lui-même qui se voyoit par hasard dans une glace de miroir, & qui se croyoit sûr de voir, dans une chambre voisine et à travers une fenêtre, un autre qui osoit empiéter sur ses droits. Alonzo détacha le miroir de la muraille. Chacun s'y contempla, chacun fit des contorsions, des grimaces en se regardant, en se reconnoissant, en se trouvant si ressemblant. Ils prirent le miroir dans leurs mains les uns après les autres, et dansèrent en rond avec leur image, de façon à dérider le front le plus grave.

Ensuite on les fit promener dans les fortifications ; on les conduisit sur le rempart, sur un des bastions auquel il y avoit un canon. Ils n'avoient pas la moindre idée d'un canon ; ils prenoient cette arme pour une charette ou pour une espèce de chariot, comme ils en avoient vu dans le magasin. Pour leur faire connoître l'utilité & l'effet de cet engin, Alonzo ordonna à l'un de ses ouvriers d'enfoncer un poteau de l'autre côté du fossé, & en même temps à un artilleur de charger le canon, sans que les Indiens s'en aperçussent, & de le pointer contre le poteau. On fit ce qu'il avoit ordonné. Sur ces entrefaites Alonzo fit le tour du rempart avec les sauvages, & revenu au premier endroit, il leur fit entendre qu'avec ce canon, il renverseroit le poteau qu'il leur montra du doigt. Les Indiens curieux & attentifs, jetoient leurs regards tantôt sur le canon, tantôt sur le poteau, tantôt sur l'intervalle qui les séparoit, & qu'ils sembloient mesurer des yeux. Mais jamais hom-

me

me ne s'est effrayé comme ils s'effrayèrent, quand après avoir vu la flamme et la fumée, après avoir entendu le coup de tonnerre, ils aperçurent au-delà du fossé le poteau fracassé. Renversés d'épouvante, ils paroissoient plus morts que vifs, et malgré toutes les caresses du gouverneur, malgré ses protestations, malgré sa main tendue, ils ne purent lui rendre leur confiance. La place où le poteau avoit été renversé, étoit celle où ils avoient donné l'assaut; ils ne s'en souvinrent que de trop. Pour rendre la sécurité et la joie à ses hôtes, il fallut mettre les cors-de-chasse en mouvement. A peine en avoit-on donné quelques coups, que la foudre et le poteau sont oubliés; toute peur disparoît, on se donne les mains, on danse en rond. Lorsque les Espagnols eurent achevé de donner du cor, les Indiens voulurent s'instruire de la manière dont cet instrument rendoit ces sons agréables, et si ces sons en partoient effectivement; un d'eux se plaça à côté du joueur, qui lui mit l'instrument entre les mains. Celui-ci apprêta beaucoup à rire à la garnison, enfonçant la tête dans le grand creux du cor. L'Espagnol tourna l'instrument, et lui en présenta l'embouchure en l'approchant de ses lèvres. L'Indien suffla de toute sa force et produisit un son si terrible qu'il en fut lui-même effrayé. C'étoit comme le hurlement qui sort d'un bouquin à vaches. L'Indien épouvanté jeta l'instrument loin de lui, et l'Espagnol courut risque de le voir se briser. On ne put parvenir à engager ni cet Indien, ni aucun de ses compagnons, à faire un second essai. Ils croyoient tous l'instrument vivant, ou du moins qu'il renfermoit un animal dans son sein. Le musicien avoit encore une cornemuse; il alla la chercher, et la montra

tra aux Indiens qui ne savoient qu'en faire, et qui l'examinoient et la tournoient de tous côtés, comme un joujou d'enfans. Mais il seroit impossible décrire la joie de ces bonnes gens, quand ils entendirent ces nouveaux sons. D'abord, ils furent tout oreille; rien ne les intéressoit que cet instrument: bientôt, ils se mirent à danser leur danse la plus vive et la plus animée.

Le gouverneur les fit ensuite mettre à table, et manger avec lui et sa famille. Je n'ai pas besoin de dire qu'ils se conduisirent avec toute la décence imaginable. Ils n'avoient encore aucune idée d'une table couverte, d'assiettes, de couteaux, de fourchettes, de cuillers ni de l'usage qu'on pouvoit en faire. Tous les mets qu'ils voyoient devant eux, leur étoient également inconnus; cependant, à mesure qu'ils en goûtoient, ils les trouvoient bons. Mais il n'y eut pas moyen de les engager à boire. Ce qu'on leur présentoit, étoit une espèce de moût composé de jus de raisin et de citron; ils en trouvèrent le goût trop âcre, et préférèrent l'eau toute claire qui sortoit d'un rocher près de la forteresse. Nouveau sujet d'étonnement pour eux; ils n'avoient jamais vu de verre à boire; ils ne pouvoient s'expliquer, en le voyant pour la première fois, comment l'eau si liquide, si fugitive, pouvoit se tenir droite, immobile, et en colonne, sur la table.

C'est que d'abord ils ne soupçonnoient pas l'existence du verre, et qu'ils le prenoient pour une partie de l'eau, à cause de sa transparence. Après le dîner, Alonzo leur fit quelques présens, savoir des bagatelles, comme p. ex. quelques verres, quelques boutons de métal, des boîtes peintes, choses auxquelles

les

les sauvages attachèrent la plus grande valeur, et qu'ils acceptèrent avec la plus vive reconnoissance. A leur départ, le gouverneur les accompagna avec toute sa famille; le musicien les précédoit en jouant tantôt du cor et tantôt de la cornemuse, jusqu'à ce qu'on eût passé les rochers. Là, on se sépara; et les Indiens, l'imagination et l'esprit rempli de tout ce qu'ils avoient vu et entendu, firent le reste du chemin en s'entretenant de ces merveilles.

Que ne se seront-ils pas dit en chemin et quelles plaisantes descriptions n'auront-ils pas fait à leurs compatriotes! Mais, dites-moi sérieusement, nous en iroit-il mieux, ou bien nous y prendrions-nous autrement, si nous venions à voir une chose remarquable dont nous n'aurions pas eu précédemment la moindre idée, et à laquelle personne ne nous auroit préparés?

En effet, nous la contemplerions aussi avec admiration, et nous ne l'oublierions jamais, quoique nous en ayons des idées plus ou moins obscures. Ces Indiens n'avoient pas le moindre soupçon de ce qu'ils alloient voir et entendre; ils n'avoient jamais rien vu ni entendu de semblable; tout devoit donc paroître magie et enchantement à leurs yeux.

Ajoutez à cela, l'opinion qu'ils avoient des Européens, les hautes idées qu'ils se faisoient d'hommes qui étoient en état de produire des choses aussi merveilleuse, et combien il dut être facile à Alonzo, pour toutes ces raisons, de conduire, de contenir et de civiliser ces sauvages! et pour peu qu'Alonzo s'y prît bien et sagement, il ne pouvoit manquer de réussir, et même sans aucune peine. Il n'avoit d'autre objet que de former les sauvages, c. à. d. d'en fai-

faire de bons habitans, des ouvriers laborieux, et en cas de besoin, de braves défenseurs de l'île et de la colonie. Ils devoient se rendre utiles par le travail et l'activité, se défaire par degrés des vices d'habitudes, des penchans naturels et grossiers de leur nation, se rapprocher de plus en plus des moeurs et des usages européens, cultiver la terre, apprendre des métiers, vivre en paix et en union entr'eux et avec les Européens; il ne falloit pas pour cela de grands efforts de la part de ceux qui façonnoient ces hommes simples et noncorrompus. Tout homme, et par conséquent aussi le sauvage, tout homme est doué de facultés et d'une force innée que nous appelons la raison; à l'aide de ces moyens il peut se perfectionner, c. à. d. en les mettant en oeuvre, il peut devenir plus sage, plus instruit, plus habile; il peut par la réflexion et l'expérience, rassembler un trésor d'idées, qui deviennent ensuite pour lui des règles de pratique dans les détails de sa vie. L'enfant de l'Européen policé, en naissant, n'est pas plus éclairé que celui du sauvage; l'un et l'autre, bien élevés, peuvent devenir les hommes les plus distingués et les plus utiles; l'un et l'autre, négligés, resteront stupides, et ne seront bons à rien. Tout dépend de l'éducation.

Alonzo commença sagement par examiner et choisir, parmi ses colons, ceux à qui il vouloit confier le soin de l'instruction des sauvages. Comprenez-moi bien quand je parle d'instruction; je n'entends pas celle des livres ni des écoles; Alonzo ne vouloit développer que les facultés corporelles des sauvages, leur faire connoître et pratiquer une espèce de travail qu'ils ne connoissoient pas encore, à cette occasion réveiller leur esprit, et produire en eux le raisonnement, la réflexion et des résolutions libres. Pour cet effet, il choisit des hommes doux, raisonnables, leur imposa comme un premier devoir la patience et le support; et les facultés naturelles et intellectuelles des sauvages se développèrent d'une manière si rapide et si étonnante, qu'on aura peine à le croire. Ils profitèrent à vue d'oeil sous des maîtres, qui, à des connoissances solides, joignoient l'art de les communiquer, & la volonté de les faire passer à leurs disciples. On commença par la langue, & par leur nommer en espagnol tous les outils & les instrumens dont on avoit un besoin continuel, tels que hache, scie, cognée, perçoir, hoyau &c. & tout ce qui servoit au manger & au boire, à se loger, à se vêtir, & en leur montrant les objets à mésure qu'on les leur nommoit. Au bout de deux où trois semaines, les Indiens savoient nommer tous ces objets, sans les confondre. En même temps, on leur enseignoit à se servir de ces instrumens & de ces outils, on leur montroit toutes sortes d'artifices & de tours-de-main pour les manier avec avantage; on leur enseignoit toutes les facilités à l'aide desquelles on travaille plus vite & mieux; et, (le croiriez-vous?) au bout de quelques mois, instruits par des charpentiers, des menuisiers, des maçons, ils savoient tout nommer, tout employer, à l'étonnement de leurs maîtres. Et ce n'étoient pas quelques-uns d'entr'eux, tous avoient fait ces étonnans progrès. Ils savoient équarrir des arbres, en faire des poutres, des solives, comme le charpentier le plus habile; ils savoient se servir du rabot, de la scie, de la bêche, qu'il y avoit plaisir à les voir travailler. L'approbation de leurs maîtres leur servoit d'un puissant aiguillon; & à mésusure qu'ils travailloient avec plus de facilité, ils travailloient aussi avec plus d'envie. Ce qui plus est, on leur dut bientôt de nouvelles découvertes.

Le gouverneur alloit souvent les voir avec sa famille. Un jour, son épouse avoit au bras une petite corbeille qu'un soldat avoit tissue d'osier. Un sauvage la contempla avec une attention particulière, & manifesta le désir d'apprendre à faire cette espèce d'ouvrage. Cela fit plaisir au gouverneur, qui aimoit qu'on s'occupât, & le soldat eut ordre, dans les heures de récréation, d'instruire l'Indien dans son art. Celui-ci & quelques autres surpassèrent en peu de temps leur maître, en faisant de jolies corbeilles, entrelacées de bois de différentes couleurs; ensuite après quelques instructions du menuisier, ils firent plusieurs meubles très-commodes, très-utiles & dans un nouveau goût, composés de bois & d'un tissu d'osier; tels que des chaises, des tables, des caisses, des armoires, le tout avec un art et une élégance extrême. Ne vous en étonnez pas, car le goût ne se trouve, ne se définit pas dans un journal des modes? le goût est ce qui plait à l'homme le plus neuf & sans expérience, quand une chose frappe agréablement ses yeux. Tout homme a un sens, un tact intérieur pour les objets de goût; l'absurde répugne & révolte l'homme de la nature comme celui de l'art; & l'on trouvera toujours que les choses plaisent d'autant plus qu'elles sont simples & qu'elles se rapprochent de la nature, à cause même de ce naturel & de cette simplicité. C'étoit le cas des Indiens: attentifs à tout ce qu'ils voyoient, ils pouvoient, en ornant & en décorant leurs ouvrages, tomber sur plusieurs idées qu'ils puisoient dans la nature même, dans les fleurs,

 les

les feuilles, les coquillages, & qu'ils appliquoient heureusement aux arts qu'ils exerçoient. Ils allèrent plus loin encore. Vous savez que chacun de ces Indiens avoit reçu un coin de terre & de jardin. Le gouverneur, empêché par une maladie légère, d'aller voir ses nouveaux colons pendant quelques semaines, fut surpris à sa première visite, de trouver dans chaque jardin, une grande ruche d'abeilles. Il ne savoit comment s'expliquer cette apparition. En approchant, il trouva que ces soit-disantes ruches étoient des habitations très-commodes, tressées d'osier, & ainsi disposées par les sauvages, et comme il n'y avoit point d'hiver dans l'île de Robinson, ces cabanes en dôme étoient une très-bonne invention dans ces contrées-là. Elles étoient assez épaisses pour donner de l'ombre, & cependant pénétrables à l'air. Les rayons du soleil aussi peu que les aiguillons des musquites, sorte de moucherons extrêmement incommodes, ne pouvoient tourmenter les habitans de ces ruches ; & une couche de roseaux & de feuille de cocotier qui leur servoit de toit, empêchoit la pluie d'y pénétrer. Il y avoit deux divisions dans l'intérieur, de sorte que chaque cabane étoit partagée en une grande chambre, éclairée par des fenêtres de filets que les Indiens avoient tressés de fine ficelle & en deux petites demi-circulaires. La cabane reposoit sur une espèce de cave de quatre pieds de haut, construite en pierres & servant de fondement à la cabane. Pour la préserver d'humidité & de pluie, on avoit creusé tout autour un fossé avec une planche qui servoit de pont.

C'étoit un art dont l'utilité étoit trop grande pour ne pas sauter aux yeux, & qui, par cette raison, avoit beaucoup plu aux Indiens, qui

l'apl'apprirent en peu de temps. Parmi les soldats espagnols, il y en avoit qui dans leur ancienne garnison avoient gagné de l'argent à faire la pêche. Ils avoient, pour cet effet, besoin de filets, qu'ils se faisoient eux-mêmes. Dans l'île de Robinson il y avoit des poissons en abondance ; ces soldats, dans leurs heures de récréation continuèrent leur ancien métier, & échangeoient leurs poissons contre d'autres objets de consommation. Cette pêcherie plut beaucoup aux Indiens, qui demandèrent des instructions sur la manière de faire les filets, dont ensuite ils se servirent pour les fenêtres de leurs cabanes. Il ne manquoit pas de ficelle, puisque la matière première croissoit dans l'île, comme je vous l'ai dit. La plante qui leur fournissoit une espèce de lin, cultivée par les habitans, produisoit beaucoup, et leur étoit d'une grande utilité.

Ces cabanes eurent l'approbation de la colonie toute entière. Les Indiens construisirent d'abord une maisonnette ou un cabinet de jardin, d'osier, pour le gouverneur ; ensuite on en vit par-tout dans les jardins, dans les champs, à chaque endroit un peu agréable du rocher ou de la forêt. Tout comme chaque invention se perfectionne, celle-ci se perfectionna aussi. Ces maisons d'osier devinrent de jour en jour plus commodes, plus élégantes. Quelque temps après, Atkins, guéri depuis longtemps, suggéra au gouverneur une idée aussi utile pour la colonie que d'une exécution aisée. Il voyoit que les Indiens étoient pour la plupart jeunes, forts et robustes ; il les crut propres, avec raison, à former une espèce de milice pour défendre l'île contre les ennemis du dehors. Quant à l'usage des armes à feu, on continueroit à le leur cacher avec soin ; au lieu de cela, on vouloit met-

mettre les armes auxquelles ils étoient accoutumés, en état de l'emporter sur ces mêmes armes dans les mains de leurs ennemis, en les perfectionnant & en leur en faisant tirer un meilleur parti. Alonzo, après avoir mûrement examiné ce plan, l'approuva. Les armes de la nouvelle milice étoient d'abord des piques surmontées d'une pointe de fer; leurs flèches avoient aussi du fer au bout. Les arcs furent rendus plus élastiques par un ressort d'acier; la corde de l'arc fut faite de boyaux de lamas. Outre cela, ils reçurent un sabre, & un bouclier de bois recouvert de cuir. Atkins fut chargé par le gouverneur d'arranger & d'exercer cette nouvelle milice; et, comme à la capacité il joignoit depuis long-temps le zèle & la bonne conduite, il fit honneur à la confiance d'Alonzo. Les Indiens l'emportent, comme on le sait, sur les Européens en force & en agilité; ils luttent, courent, grimpent & sautent avec la plus grande facilité; l'habitude, dès la plus tendre enfance, les a familiarisés avec ces exercices du corps. Atkins partit de ce principe en dressant sa milice. Outre qu'il appliquoit ses recrues à se perfectionner dans ces exercices, il leur fit apprendre des évolutions & des marches, il leur enseigna à tirer au blanc avec leurs flèches, à courir la bague avec leurs piques; il les dressa même à la petite guerre, leur fit faire des expéditions, les fit aller à la découverte de l'ennemi, les employa comme védettes & comme enfans perdus. En un mot, ils furent exercés complétement à l'européenne, à cela près qu'ils n'avoient pas d'armes à feu à leur disposition. Ces exercices prenoient régulièrement un jour par semaine; pendant ce jour-là, le travail des champs reposoit, & au lieu du hoyau & de

la

la pioche, leurs mains tenoient l'arc, les flèches, les piques. Ils se persuadèrent bientôt de l'utilité de cet apprentissage ; & les jours d'exercice devinrent pour eux des jours de fête.

Atkins étoit bon officier, & deux braves & honnêtes soldats, doux & humains, l'assistoient, par ordre du gouverneur ; & les jeunes Indiens apprenoient avec plaisir d'eux un métier qui devoit un jour leur être utile sur le champ de bataille.

Mais ces exercices militaires ne devoient pas devenir l'objet principal, & ne le devinrent pas non plus. Les arts paisibles, les occupations tranquilles de la paix étoient ce qui occupoit principalement le gouverneur. La culture des champs, le jardinage, les métiers lui paroissoient d'une utilité majeure, & sollicitoient ses soins paternels. Les Indiens y firent de grands progrès. Ils comprirent tout avec facilité ; ils trouvèrent tout aisé & agréable. L'un défaut national après l'autre les abandonna, à mésure qu'ils se familiarisoient avec un genre de vie plus doux & plus civilisé. Alonzo n'eut pas même besoin de les déshabituer de leurs mauvaises coutumes ; il ne fallut que leur en présenter de meilleures à suivre ; ils adoptoient les nouvelles, & renonçoient aux anciennes. Les Indiens, qui n'avoient jamais su, dans leur patrie, employer le temps des pluies, et qui d'une folie tomboient dans une autre, faute de trouver à s'occuper, ne pouvoient s'expliquer la rapidité avec laquelle à présent le temps s'écouloit pour eux. Ils l'employoient à des occupations domestiques ; ils faisoient des filets, préparoient des équipages de chasse, travailloient aux outils de labour & de jardinage, tressoient des

des corbeilles, faisoient l'ouvrage de menuiserie & le travail les rendoit gais et contens, effet qu'il produit toujours sur tous les hommes.

Un an s'étoit passé depuis l'arrivée des sauvages dans l'île; et ce temps s'étoit écoulé avec une vitesse incroyable. On auroit eu de la peine à décider si c'étoient les Indiens ou les Européens qui méritoient la palme ; ils étoient bons et honnêtes les uns comme les autres, et les deux partis travailloient à l'envi au bien-être de l'île et de la colonie. Au milieu de cette lutte d'honneur et de vertu, un heureux hasard amena un surcroît d'habitans. Un jour, de nouveaux sauvages débarquèrent.

On ne les craignoit plus, surtout depuis qu'on s'étoit convaincu par une longue expérience de la fidélité et du dévouement des nouveaux colons. Il y eût eu de la folie à craindre des ennemis qui ne pouvoient pas nuire. Dès qu'on apprit le débarquement de ceux-ci, le gouverneur se contenta de donner l'ordre à son monde, de ne pas s'exposer seul dans la contrée où les sauvages faisoient ou préparoient leur repas, parce que ceux qu'ils auroient trouvés à l'écart, auroient couru risque de la vie. Cependant, avant que cet ordre fût parvenu aux nouveaux colons, quelques-uns de ceux-ci, qui n'avoient point encore reçu la nouvelle de l'arrivée des sauvages, s'étoient rendus, pour quelques affaires, sur la côte du débarquement. Sans soupçonner l'arrivée de ces étrangers, ils sortent du bois, et les voilà à la distance d'environ vingt pas des Indiens. Les deux partis s'aperçoivent en même temps. Les nouveaux venus sont étonnés de voir des compatriotes, des sauvages de leur couleur, mais vêtus. Les colons s'étonnent de voir des

des étrangers qu'ils n'attendoient point. Au lieu de fuir, ils s'arrêtent un moment, puis vont droit à eux.

Une fois découverts, ils faisoient bien de ne pas donner le moindre signe de peur. Ils avoient des armes pour se défendre; de plus, il n'y avoit en tout que huit sauvages, qui étoient arrivés dans un seul canot, et trois colons indiens, armés et exercés comme eux, pouvoient bien opposer à cette troupe une résistance suffisante. Les huit sauvages ne pouvoient pas s'expliquer l'apparition inopinée de trois de leurs semblables; inquiets et troublés, ils jettent leurs armes de bois, et une branche verte à la main, s'approchent lentement d'eux. A peine eurent-ils prononcé deux mots, qu'ils se reconnurent. Ils étoient compatriotes, de la même contrée, de la même tribu. Leur joie fut aussi vive que sincère; les uns se réjouissoient de revoir des compatriotes qu'ils croyoient perdus et morts depuis une année; les autres manquoient d'expressions pour raconter à leurs camarades tout ce qui leur étoit arrivé depuis ce temps, pour leur depeindre leur sort et leur bonheur actuel, et pour leur protester qu'ils ne retourneroient jamais dans leur patrie.

Imaginez-vous, mes jeunes lecteurs, l'attention que les huit sauvages prêtèrent à ce récit. Ils oublièrent la cause qui les avoit amenés. Le pauvre prisonnier, qui devoit leur servir de victime et de repas, fut relâché. Ils mouroient d'envie de voir de leurs propres yeux ce qui venoit de leur être dit et dépeint; et après avoir tiré leur barque au sec, ils suivirent sans crainte leurs amis dans la colonie. Leur arrivée fit sensation dans tout le quartier des Indiens; le

 bruit

bruit en arriva bientôt dans la forteresse. Le gouverneur se trouvoit dans le plus grand embarras, parce qu'il ignoroit le nombre & la force des sauvages ; il avoit lieu de craindre que les Indiens colons se joindroient à eux, & tourneroient les armes contre la colonie. Et quand même il n'auroit rien eu à redouter de ce côté-là, ne se pouvoit-il pas que l'arrivée de ces nouveaux-venus donnât lieu à des combats, à l'effusion du sang ? Il communiqua toutes ses alarmes aux Européens, & leur recommanda la plus grande vigilance. Ensuite, bien armé, suivi de son valet indien, qui savoit assez bien l'espagnol, il se rendit dans la colonie indienne, pour s'instruire de tout par lui-même. Il trouva les colons occupés à promener par-tout leurs compatriotes. Il vit au premier coup-d'oeil, qu'il n'y avoit point d'hostilités à craindre ; les étrangers contemploient tout avec une surprise mêlée de curiosité & de plaisir ; leurs amis leur faisoient tout voir avec complaisance et avec un peu de vanité ; tout les étonnoit, les demeures, les ustensiles, les instrumens, les commodités de la vie dont ils voyoient jouir leurs frères ; ils ne connoissoient rien de pareil dans leur indigente patrie. Au moment où Alonzo parut, tout étoit allé à sa rencontre, le mot de Cacique retentissoit de toutes parts, tout lui témoignoit le plus profond respect, & sa première idée fut : que seroit-ce, si ces nouveaux-venus vouloient s'établir ici ? Pensif & tranquille, il réfléchissoit à cette idée, il la développoit en son ame, quand son valet, qui, dans les entrefaites, avoit parlé avec ses compatriotes, revint à lui & lui découvrit le vœu de ces étrangers, qui demandoient à rester, & la prière des Indiens qui consistoit à obtenir la per-

permission d'aller chercher leurs familles & de les transplanter dans l'île. Jusqu'alors ils n'avoient pas eu le temps de penser à leurs femmes & à leurs enfans ; mais la vue de leurs compatriotes, & les nouvelles qu'ils leur avoient données des leurs, avoient éveillé fortement dans leurs ames le desir de se réunir avec eux. Ils leur souhaitoient le même bonheur dont ils jouissoient eux-mêmes, & répondoient d'avance de leur soumission aux lois & de leur fidélité. Cette demande si naturelle, n'étonna point Alonzo, qui l'avoit prévue depuis long-temps, qui souvent avoit pensé à la reunion de ces Indiens avec leurs familles, des douceurs, des avantages d'une telle réunion, et de la force du lien qui attacheroit pères, mères, enfans, frères & amis entr'eux &. à la colonie, du moment où une telle réunion pourroit être effectuée. La prière des Indiens lui rappela avec force tout ce qu'il s'étoit dit si souvent à lui-même, & il ordonna à son valet de déclarer aux Indiens qu'ils pouvoient aller chercher leurs familles, mais au bout de six mois.

Alonzo ne savoit point jusqu'où monteroit le nombre de ses nouveaux colons. Il y avoit assez de vivres pour les habitans actuels de l'île; mais en augmentant leur nombre, il falloit aussi, d'un autre côté, augmenter la quantité des provisions qui serviroient à leur subsistance. Qu'il étoit aisé, dans une disette de vivres, d'avoir à regretter l'admission inutile de tant de bouches parasites, qui auroient consommé ce qui étoit destiné aux anciens habitans ! Pour cet effet il fit ordonner aux Indiens de planter le double des arbres & de labourer le double des champs et des jardins qu'à l'ordinaire, pour servir à ceux qu'ils attendoient au bout des six mois.

mois. Il falloit que ces personnes trouvassent les vivres & les provisions toutes faites à leur arrivée, afin qu'on n'eût pas l'air de leur avoir fait quitter leur patrie, pour les faire mourir de faim dans l'île, ou les faire travailler pour se procurer leur subsistance dès le premier jour de leur arrivée.

La joie des Indiens à cette proposition d'Alonzo fut inexprimable. Ils tombèrent à ses pieds, embrassèrent ses genoux, promirent, au nom de leurs familles & de leurs parens, que ceux-ci reconnoîtroient, tous comme eux, Alonzo pour leur cacique, & feroient tout ce qui pourroit contribuer à l'avantage de la colonie. Alonzo fut sensiblement touché de cette preuve d'union de familles; il fit aux nouveaux-venus, qui regardoient tout ce qui leur arrivoit, comme un rêve, des présens consistant en bagatelles, les fit reconduire au rivage, et suivis des voeux et de bénédictions de leurs compatriotes, ils quittèrent cette île hospitalière, pour rendre compte dans leur patrie de ceux qu'on y avoit cru perdus depuis long-temps. Il n'y avoit plus qu'un mois jusqu'à la saison des pluies; mais que ne fait pas pour les siens l'homme que l'égoïsme et l'intérêt personnel n'a point encore corrompu? Si jusqu'alors les Indiens avoient été des modèles de travail et d'application, dès ce moment ils se surpassèrent eux-mêmes, conduits par l'amour et le soin de leurs familles. Point d'heures de récréation; nul sentiment de fatigues; les ardeurs du soleil ne les arrêtent point; ils travaillent bien avant dans la nuit, et déjà l'aurore les retrouve sur pied. Ils préparent le bois pour les nouvelles cabanes; ils défrîchent le terrain, ils plantent les arbres; ils sement le blé; ils apprivoisent les lamas: en un mot, toute

toute leur tribu est le tableau le plus parlant et le plus expressif de l'assiduité, de l'activité, du travail le plus infatigable. Ne travailloient-ils pas pour leurs pères et mères, pour leurs frères et soeurs, pour leurs femmes et pour leurs enfans?

Enfin, la saison des pluies arriva, qui, comme vous le savez bien par l'histoire de Robinson, remplace l'hiver dans ces climats. Les Indiens la passèrent dans leurs cabanes, mais non, comme autrefois dans leur patrie, à tuer le temps dans la paresse, l'inaction et le sommeil; non, ils surent mieux employer leur loisir. Ils demandèrent au gouverneur la permission pour quelques artisans espagnols de la colonie, de passer ce temps parmi eux, et d'y apporter leurs outils et leurs instrumens. Les cabanes se changèrent en ateliers. On fila, on fit de la toile, on prépara des vêtemens, des meubles; ici travailloit le forgeron, là le menuisier, et les semaines, les mois des pluies s'écoulèrent comme des heures et des journées. On vit avec surprise ce que l'application et l'assiduité produisent de merveilles. Tout étoit prêt, tout attendoit l'arrivée des étrangers; ils trouvoient tout ce dont ils pouvoient avoir besoin. A peine le premier rayon de soleil perça-t-il les nuages long-temps amoncelés, que les Indiens allèrent trouver le gouverneur, pour lui rappeler sa promesse, et lui faire voir leurs provisions et leurs préparatifs.

Alors Alonzo fit arranger la grande barque dans laquelle il étoit arrivé avec les siens, et le petit bateau dans lequel s'étoient jetés William et Robert, lorsqu'ils prirent la fuite. Atkins, Jack et Toby, avec dix Indiens s'embarquèrent.

rent. Les trois premiers prirent avec eux leurs fusils, de la poudre & des balles.

D'abord, parce qu'on craignoit que ceux-ci ne pussent seuls conduire des barques aussi considérables; ensuite, afin qu'en cas d'attaque, ils eussent des chefs pour les commander et pour les protéger; enfin les Anglois s'étoient offerts à leur rendre ce service, qu'on pouvoit regarder comme une preuve de leur bon cœur.

Le lendemain, de bon matin, ils mirent à la voile suivis des acclamations & des cris de joie du reste des Indiens. On avoit attaché au mât des deux barques un rameau vert, qui, comme vous ne l'ignorez pas, étoit chez les sauvages un indice de paix & d'intentions pacifiques. Ils ne restèrent qu'un jour en chemin. Dès le lendemain de leur traversée ils découvrirent le rivage, où demeuroient leurs familles. Les dix Indiens étoient les chefs de leur tribu.

Leur joie étoit moins celle qu'on ressent à la vue des lieux qui nous ont vus naître, qu'à la vue de ses parens & de ses enfans, et au milieu de leurs embrassemens. L'homme le plus sauvage, comme le plus civilisé, ressent cette joie, & il n'y a pas de nation assez grossière pour étouffer entièrement ces sentimens dans son coeur.

C'étoit une belle soirée quand les Indiens débarquèrent sur la côte déserte. On abrita les barques dans une petite baie, on les affermit à des arbres, & cette nuit il y eut ordre pour tous, de ne pas s'écarter de la côte. A la pointe du jour, trois sauvages, tenant à la main des rameaux verts, descendirent du haut d'une colline & s'approchèrent de la côte. Les dix Indiens allèrent à leur rencontre, ayant pareille-

le-

lement des branches vertes à la main ; alors les trois, sans manifester la moindre peur des Anglois qu'ils voyoient à l'écart, vinrent tout près de leurs camarades, & témoignèrent autant de confiance en eux tous, comme s'ils avoient long-temps vécu & conversé ensemble. Alors toute la troupe confondue alla se rendre aux habitations de ceux qui vouloient faire le trajet & s'établir dans l'île de Robinson. Ces habitations étoient de tristes cabanes, entrelacées de branches ; quelques arcs, flèches & piques en composoient tout l'ameublement. Les Anglois n'eurent pas même le temps d'examiner ces détails ; un spectacle bien plus intéressant, bien plus touchant attiroit, enlevoit toute leur attention, ils virent le fils retrouvant son père, l'ami son ami, l'époux son épouse, le père ses enfans, le frère son frère. De toutes les cabanes, on s'étoit précipité à leur rencontre ; on s'étoit salué avec une cordialité qui auroit tiré des larmes du cœur le plus insensible. Rien n'égaloit la joie de ceux qui se retrouvèrent. Leur parti fut bientôt pris. Tous ceux dont les parens vivoient encore dans l'île de Robinson s'embarquèrent pour les y suivre ; ceux qui avoient perdu les leurs dans les premiers combats, s'en retournèrent tristes dans leurs cabanes. On se rembarqua vers le soir ; la nuit étoit calme, la mer tranquille, un léger vent d'ouest enfloit les voiles ; les barques allèrent si vite, qu'au lever du soleil, elles avoient atteint l'île. Atkins se porta sur la côte qu'habitoient les Indiens, & avant que ceux-ci pussent s'attendre à voir leurs familles ils se trouvoient dans leurs bras. Je ne puis vous exprimer leur joie mutuelle. Chacun prit les siens dans sa demeure, qui parurent aux nouveaux-venus au-

autant de palais. Tout ce que ces bonnes gens voyoient, leur paroissoit surnaturel, divin; tout, jusqu'aux moindres bagatelles, piquoit leur curiosité, captivoit leur attention; surtout les vêtemens les plus simples, qui déjà pendant toute la traversée les avoient occupés & interessés. On avoit eu soin, dans la saison des pluies, d'en faire une quantité suffisante, qu'on apporta, qu'on distribua entr'eux. Vous auriez dû voir la hâte avec laquelle ils s'en affublèrent, & la joie qu'ils eurent à s'en voir revêtus!

Vers midi, le gouverneur arriva avec sa famille; les anciens habitans le présentèrent aux nouveaux, comme leur chef, leur cacique, leur prince; ceux-ci s'approchèrent avec respect, puisque dans son uniforme & avec ses armes il leur parut une intelligence plus qu'humaine. Alonzo vit avec joie ces hommes purs, ces élèves de la nature, dont il pouvoit être sûr du côté de l'obéissance & de la docilité. Il voyoit avec plaisir en eux de nouveaux sujets, & en même temps des hommes dont la culture & le bonheur étoit confié à ses soins. Dès qu'ils furent arrangés quant à leur habitations, leur vêtement, & leur nourriture, ce qui fut bientôt fait, grâce à l'empressement & à la prévenance des leurs, il commença la tâche de leur instruction. Il y avoit parmi eux dix femmes. Celles-ci ne devoient pas être employées aux travaux rudes des champs ni des jardins; elles devoient s'occuper d'ouvrages plus analogues à leur sexe & plus profitables pour la colonie. Elles apprirent à préparer et à filer la laine des lamas; elles furent instruites à faire de la toile et à coudre les habits; elles firent, de plus, la cuisine, et soignèrent l'éducation des enfans.

Il

Il y avoit environ seize ou vingt enfans qu'on avoit amenés, & dont les pères vivoient dans l'île. Leur éducation fut confiée à leurs mères; mais quand je me sers du mot d'éducation, je ne parle pas de notre éducation européenne, de nos ressources à cet égard, de nos exercices gymnastiques. L'éducation dans l'île de Robinson, n'étoit autre chose que le développement des forces corporelles, la suppression des habitudes vicieuses, l'habitude de l'ordre et du travail. Il falloit remettre à d'autres temps et à des circonstances plus favorables le développement des facultés intellectuelles. Alonzo avoit appris, par l'exemple de ses propres enfans, qu'on ne peut pas leur accorder un plus grand bienfait, qu'en les appliquant de bonne heure au travail & à l'activité. C'est le moyen le plus sûr et le plus infaillible d'en faire des hommes utiles et contens; & ce qui mérite aux parens et aux maîtres la plus vive reconnoissance de leurs enfans & de leurs élèves, c'est quand ceux-ci leur doivent de bonne heure la connoissance des avantages d'une vie active et laborieuse.

Alonzo agit d'après ces principes, et vit avec une vive reconnoissance envers Dieu, qu'ils prenoient racine dans les tendres coeurs de la jeunesse. Elle vit, elle apprit tous les avantages du travail et de l'activité; elle y prit de jour en jour plus de goût, parce que chaque jour, chaque heure la convainquoit de plus en plus que l'activité et le travail font le bonheur de la vie. De plus, il y avoit tant de petites choses à faire aux champs, dans les jardins, dans les cabanes, que les enfans n'étoient jamais embarrassés à trouver de l'occupation. Alonzo leur ouvroit cette belle carrière; bientôt ils choisirent chacun un métier, et entreprirent des ouvrages qui les rendirent habiles et utiles à la fois.

En un mot, de jour en jour la colonie fit de nouveaux accroissemens du côté de l'ordre et de la prospérité. Alonzo contemploit avec des yeux de père, avec le sentiment le plus pur, ses arrangemens, ses créations, ses améliorations. Une année s'écoula, et il n'y avoit plus, dans toute l'île, un pouce de terre non cultivé. Par-tout des champs de blé, de riz, de patates; par-tout de rians jardins plantés d'arbres couverts de fruits; ici on avoit creusé un étang, qui arrosoit des deux côtés, de grasses prairies; là encore s'étendoit une verte forêt. Les rochers mêmes servoient à la colonie; on en tiroit des pierres, on y creusoit des caves et des réservoirs pour y conserver les fruits de la terre & des arbres. A mesure que la contrée gagnoit en perfection et en beauté, les habitans en retiroient plus d'avantages et de profits, tant au physique qu'au moral. On les vit devenir de plus en plus laborieux et appliqués, de plus en plus sociables et complaisans; leur habilité alloit en augmentant; ils perfectionnoient leurs travaux, leurs métiers; ils inventoient, ils corrigeoient, ils se communiquoient leurs découvertes et leurs observations, de sorte qu'ils avançoient tous à la fois et d'un pas égal. Je ne parle pas seulement ici des Européens, je parle des Indiens, qui faisoient une attention louable à tout ce qu'ils voyoient, et qui étoient, dans leurs travaux et dans leur occupation, d'une ardeur et d'une application exemplaires. Non-seulement ils égalèrent leurs maîtres; ils les surpassèrent même. La suite naturelle de ces efforts et de ces

ces progrès, quelle fut-elle? Le contentement et le bien-être!

Il n'y avoit qu'une seule chose qui troublât le contentement et le repos d'Alonzo; c'étoit de voir que les Indiens étoient des hommes qui n'avoient pas la moindre idée de Dieu ni de son culte. On ne pouvoit pas leur en faire un reproche, vu qu'ils n'avoient jamais reçu la moindre instruction religieuse. Alonzo avoit souvent réfléchi aux moyens de faire passer en eux les premiers élémens de la religion chrétienne. Toujours des obstacles insurmontables s'étoient opposés à son but. Lui-même étoit un parfaitement honnête homme, et un bon chrétien; ses oeuvres en étoient la meilleure preuve: mais il manquoit du temps et des lumières requises pour instruire les Indiens dans sa religion. C'est-ce qui lui faisoit beaucoup de peine.

Un soir, occupé de cette idée affligeante, il étoit assis devant la porte de son cabinet de jardin. Il réfléchissoit profondement sur les moyens d'éclairer ces hommes ignorans sur leur créateur, sur leur destination pendant la vie et après la mort. Il se demanda, entr'autres, s'il ne pouvoit pas être un jour rendu responsable de l'état de ténèbres et d'erreurs où se trouvoient ces bonnes gens. Son frère Diègo vint interrompre ses réveries, en lui en demandant la cause. Alonzo ne la lui ayant point cachée, son frère lui cita de Robinson. „ Il n'y avoit alors, dit-il, dans toute l'île, outre Robinson, que trois sujets, qui différoient tous les trois relativement à nos opinions religieuses. Vendredi, ainsi que celui à qui nous devions la vie, étoient protestants, son père idolâtre et païen; et moi, catholique-romain. Robinson, comme vous, songeoit souvent à l'idée, s'il ne valoit pas mieux nous réunir tous dans une même croyance, et ses réflexions le conduisirent à un résultat que je crois le meilleur, et que je vous propose de suivre. Il nous laissa libres de professer la religion dans laquelle nous étions nés; il n'ignoroit pas qu'on n'obtient jamais de force la conviction des consciences, et qu'elle est le fruit de la seule instruction. Ne vous inquiétez donc pas de ce que les Indiens ne connoissent ni Dieu, ni la religion. Ce n'est pas vous qui en êtes responsable. Vous leur avez fait assez de bien, en les changeant en hommes utiles et laborieux, en êtres raisonnables et pensans. Cela suffira, pour faire naître en eux l'idée, que ce qu'ils appellent aujourd'hui leur religion, ne suffit pas pour les rendre parfaitement tranquilles et heureux, ni pour remplir tous leurs souhaits. Abandonnez à la providence divine le soin de les éclairer, et le temps d'ouvrir les yeux sur les vérités et les devoirs de notre sainte religion."

Ce discours tranquillisa Alonzo, et l'affermit dans l'idée qu'il avoit rempli son devoir. Il le fit encore plus en imposant à ces colons européens celui de toutes les vertus, et en les proposant pour modèles aux Indiens. Il prit souvent occasion de parler avec ceux-ci de Dieu, de son amour envers les hommes, des preuves et des traces de sa sagesse dans la nature; de cette manière il entretint et augmenta leur amour et leur reconnoissance pour le Dieu des chrétiens qu'il leur faisoit connoître.

Je puis, dans ma narration, passer sous silence un période de deux ans, pendant lequel la colonie devint plus florissante, et ceux qui la composoient, plus heureux. Au bout de ces deux

deux ans, il se passa un événement qui eut la plus grande influence sur toute sa constitution, quoique ce ne soit pas un événement triste et fâcheux.

Dans une belle nuit calme, Robert et William étoient allés sur la côte pour tuer quelques oiseaux aquatiques. Chargés de leur chasse ils s'en retournoient à petits pas, et en se livrant au charme d'un entretien familier et amical, quand tout à coup ils entendent partir le bruit d'un coup de canon. Ils étoient tout près de la forteresse. Ils s'y rendirent en courant, et avertissent leurs compatriotes, qui, de leur côté, avoient entendu le même coup. Tout le monde s'est levé; personne ne peut s'expliquer cet événement inattendu; d'autant plus que le temps et l'air étoient calmes, la mer tranquille, et que par conséquent, ce qu'ils venoient d'entendre, ne pouvoit être un coup de détresse. (*)

Alon-

(*) Quand un vaisseau est en danger de couler à fond, ou d'échouer sur la côte, ou qu'il a échoué, qu'il est sur un banc de sable où il a touché, ou quand il est tellement chassé par la tempête, que l'équipage n'en est plus le maître, alors les marins font connoître la détresse où ils se trouvent, par quelques coups de canon. D'ordinaire, ils en tirent un, de minute en minute. Ces coups, qu'on entend de fort loin, sont pour d'autres vaisseaux ou pour les habitans de la côte voisine, autant de signaux qui indiquent que l'équipage a besoin de secours. Alors, de la côte, ou des vaisseaux voisins qui ne sont pas dans la même détresse, on envoie des barques, des chaloupes, pour sauver, s'il se peut, et si la violence de la tempête le permet, l'équipage et la charge du vaisseau prêt à faire naufrage. Je n'ai pas besoin de vous dire quel danger il y a pour ceux qui rendent ces secours. La vie de ceux qui viennent sauver celle des autres, est dans un péril imminent. Souvent la tempête renverse le bateau secourable; souvent les vagues y entrent et le, coulent à fond; souvent la violence du vent et des courans le chasse plus loin que le vaisseau en détresse, auquel il n'est alors d'aucun secours;

Alonzo supposoit qu'un vaisseau se trouvoit en danger, que peut-être malgré le calme qu'il faisoit, il étoit porté par les courans sur les ressifs, et que par cette raison il tiroit des coups de détresse. Ce qui confirmoit cette opinion, c'étoit la circonstance même, que les coups se succédoient, suivant l'usage, de minute en minute. On attendit avec impatience le retour du soleil, et avec lui l'occasion de sauver la vie à des hommes. Atkins monta avant l'aurore avec Robert et Williams à la pointe du rocher, et tous trois revinrent bientôt avec la nouvelle, qu'environ à une lieue de la côte, il y avoit deux gros vaisseaux à l'ancre, et que l'endroit où ils avoient mouillé, n'étoit absolument pas dangereux pour eux. Ils n'avoient pu distinguer, à cette distance, à quelle nation les vaisseaux appartenoient; ni les pavillons, (*) ni la construction des vaisseaux n'avoient pu guider leurs conjectures.

Cette nouvelle inquiéta extrêmement le gouverneur. Il craignit que ce ne fussent des corsaires ou des pirates; dans ce cas, la ruine de la colonie paroissoit inévitable. Elle devoit s'attendre au même malheur, si ces vaisseaux appartenoient à une nation en guerre avec l'Espagne.

Ce-

souvent l'équipage de la barque a eu le bonheur de sauver celui du vaisseau, et en retournant vers la côte, la barque surchargée fait naufrage dans le port, et tous ceux qu'elle contient, tant ceux qui vouloient sauver les autres que ceux qui espéroient de l'être deviennent la proie des ondes.

(*) On appelle pavillon de navire une espèce de grand drapeau; il y en a deux à chaque vaisseau; l'un à la pointe du grand mât ou mât du milieu, l'autre à la poupe, à la plus haute partie de l'arrière. Chaque nation porte son pavillon particulier avec les armes de son souverain. On peut comparer ces pavillons, pour l'usage, aux drapeaux et aux étendards d'une armée.

Cependant, son inquiétude ne dura que peu d'instans ; il se remit promptement, se prépara à la plus mauvaise chance, et prit tous les arrangemens pour empêcher le mal qui pouvoit lui arriver. On plaça les caissons à poudre à côté des canons ; on distribua à la garnison des fusils, du plomb, de la poudre, on arbora le pavillon espagnol au-dessus de la porte ; la milice indienne eut ordre d'entrer dans la forteresse. Après tout cela, Alonzo fit une grande reconnoissance le long de la côte.

A peine y fut-il arrivé qu'il remarqua qu'un des vaisseaux mit une de ses barques en mer, la remplit de soldats, qui prirent le chemin du rivage. La barque approche. Alonzo distingue le pavillon de sa nation et les armoiries de son roi. Joyeux, il s'en retourne à la forteresse, pour annoncer à ses amis cette heureuse nouvelle. En attendant, la barque aborde, les soldats descendent à terre, et après avoir traversé la forêt, sont surpris de voir devant eux une forteresse et le pavillon flottant qui porte les armes de leur monarque. Les soldats font halte, et se réposent, tandis que leur officier, précédé d'un trompette, s'approche du pont-levis. Le trompette donne un signe d'amitié, et pour indiquer qu'on demande à parler au gouverneur. Alonzo fait baisser le pont et se présente dans son uniforme, à la tête de quelques uns de ses gens.

„ Qui êtes-vous ? demanda-t-il à l'officier étranger. Et que demandez-vous ?

L'étranger indiqua son nom et ses qualités. Il étoit lieutenant de vaisseau au service d'Espagne.

C'étoit précisément à l'époque, ou se faisoient le plus de découvertes. Presque toutes les

les nations commerçantes de l'Europe équipoient et envoyoient des vaisseaux pour découvrir de nouveaux pays. Les Espagnols avoient particulièrement fixé leur attention sur la côte méridionale de l'Amérique. On venoit d'équiper deux vaisseaux chargés de tout ce qui étoit nécessaire à la vie, pour faire de nouvelles découvertes; ces vaisseaux étoient sur leur retour. L'eau douce commençoit à manquer; on crut en trouver dans cette île qu'on supposoit inhabitée; mais au moment où l'on alloit mettre la barque à la mer, on entendit tirer un coup de fusil.

Les Espagnols curieux de savoir si l'île étoit habitée et par qui, donnèrent le signal d'arrivée, et voyant qu'on ne paroissoit point, ils le répétèrent pendant la nuit, et au lever du soleil descendirent la barque pour aller reconnoître l'île.

Quelle joie pour le gouverneur de se voir à si peu de distance de ses chers compatriotes. Il reçut le lieutenant à bras ouvert, le conduisit dans l'intérieur de la forteresse, fit apporter des vivres aux soldats, et envoya Fernando et Robert dans un bateau jusqu'aux navires pour inviter le capitaine à descendre de bord.

Le capitaine ordonna d'approcher de terre, s'y rendit lui-même, et jugez de sa joie, quand il reconnut dans Alonzo, dans Diégo et Fernando, d'anciens camarades de classes.

Chacun s'abandonna aux délices de ce moment de la reconnoissance, ou au plaisir de former de nouvelles liaisons. A table on se raconta tour-à-tour ses aventures. Ensuite on parcourut l'île toute entière, et les nouveaux-débarqués trouvèrent par-tout des éloges à donner à l'amour de l'ordre et du travail dont Alonzo avoit été l'exemple et le prémier mobile.

Plusieurs jours s'écoulèrent au milieu de ces occupations agréables, quand, au jour de l'anniversaire de la naissance du roi d'Espagne, Alonzo rassembla tous les colons de son île, et fit don au roi de cette nouvelle possession. Il fut le premier qui prêtât hommage à son souverain dans la personne du capitaine. Tout le monde suivit son exemple. Après avoir pris solennellement possession de l'île au nom de son roi, le capitaine remonta dans son vaisseau, et partit. Au bout de six mois, un vaisseau espagnol arriva avec la confirmation de tous les priviléges que le capitaine avoit promis à la colonie le jour de l'hommage.

Alonzo fut confirmé dans le poste de gouverneur. Après lui, ses deux frères et les Anglois furent les principaux de l'île; chacun d'eux obtint un canton en fief, l'île se peupla davantage d'année en année; elle fut cultivée à proportion, et le contentement, la prospérité et l'industrie laborieuse de ses habitans prirent de jour en jour de nouveaux accroissemens.

EXPLICATIONS
DE LA PLUS GRANDE PARTIE
DES MOTS
CONTENUS DANS CE LIVRE.

A.

Abaisser, *neêrlaten, laten zakken.*

Abatis, m. *eene menigte over elkander gestorte, neêrgevelde, of door een geworpene dingen*, v.

Abondance, f. *overvloed*, m.

Aborder, v. a *naderen, aan boord klampen*, v. n. *aanlanden.*

Abriter, *tegen wind en weder dekken, beschutten.*

Abstinence, f. *matigheid, onthouding.*

Abus, m. *misbruik, bedrog*, o.

Abuser, v. a. *bedriegen, verleiden*, v n. *misbruiken.*

Accabler, *beladen, bezwaren.*

Accident, m. *toeval, ongeval*, o.

Accomplir, *volbrengen, volvoeren.*

Accoutrer, *opschikken.*

Accoutumer, *gewennen*

Accroissement, m. *aanwas*, m. *vermeerdering*, v.

Accueillir, *verwelkommen, ontvangen.*

Acculer, *in het naauw brengen.*

Acharné, *verbitterd, begeêrig.*

Acier, m. *staal*, o.

Acquérir, *verkrijgen.*

Activité, f. *werkzaamheid.*

Admettre, *toelaten, aannemen.*

Administrer, *besturen.*

Adopter, *aannemen.*

Adversaire, m. et f. *tegenpartij.*

Affable, *spraakzaam, vriendelijk.*

Affecté, e, *getroffen, aandoening verwekt.*

Affermir, *bevestigen, vastmaken.*

Affidé, e, *vertrouwd.*

Affinité, f. *zwagerschap, verwantschap.*

Affreux, se, *verschrikkelijk.*

Ago-

Agenouiller, *doen knielen.*
A.ile, *vlug.*
Ag r, *doen, handelen.*
Agiter, *ontrusten, slingeren; s'agiter, woelen, sterk bewegen.*
Agitation, f. *onrust.*
Agresseur. m. *twistverwekker.*
Agriculture, f. *landbouw, m.*
Aigu, uë, *hevig.*
Aiguillon, m. *prikkel.*
Ailleurs, *elders.*
Ajuster, *keelijk kavenen.*
à l'aide, *met behulp.*
Alarme, m. *oploop, angst, m. alarm, o.*
Alerte, f. *onverwacht alarm, o.*
Aligner, *naar het rigtsnoer afmeten.*
Alternative, f. *af en omwisseling.*
Amadou, m. *zwam, v.*
Amendement, m. *beterschap, v.*
Améliorer, *verbeteren.*
Amélioration, f. *verbetering.*
Amonceler, *ophoopen, opstapelen.*
Analogue, *overeenstemmend.*
Anéantir, *vernietigen.*
Angoisse, f. *angst, m.*
Antenne, f. *spriet.*
Anthropophage, m. *menscheneter.*
Apparence, f. *aanschijn, waarschijnlijkheid.*
Apparition, f. *verschijning.*

Apercevoir, *waarnemen, ontdekken.*
Applaudir, *toejuichen, goedkeuren.*
Appliquer un coup, *eenen slag geven.*
Apprécier, *schatten, waarderen.*
Appréhension, f. *vrees.*
Apprentissage, m. *leertijd.*
Apprivoiser, *temmen.*
Approche, f. *aannadering.*
Arborer, *planten.*
Arbuste, m. *struik.*
Arc, m. *boog.*
Ardemment, *vuriglijk.*
Ardeur, f. *drift, v. ijver, m.*
Armes, f. pl. *wapenen, o.*
Armoiries, f. pl. *geslachtwapenen, o.*
Arracher, *ontrukken.*
Arranger, *voegen, schikken.*
Arrangement, m. *schikking, voeging, v.*
Arrêt, m. *vonnis, o.*
s'arroger, *aanmatigen.*
Arroser, *bespoelen.*
Artilleur, m. *artillerist.*
Asile, m. *vrij-, schuilplaats, v.*
Assaut, m. *storm, m. bestorming, v.*
Assiette, f. *gesteldheid. (hier)*
Assistant, m. *noodhulp, helper.*
Association, f. *verbintenis.*
Astre, m. *gesternte, o.*

Ate-

Atelier, m. *werkplaats*, v.

Atteler, *aanspannen*.

Atteindre, *raken*, *bijkomen*.

Attendrissement, m. *aandoening*, *medelijden*.

Attentat, m. *aanslag*, m. *euveldaad*, v.

Attente, f. *verwachting*, *hoop*.

Attiser, *opstoken*.

Attitude, f. *houding*, *gestalte*, v.

Attrait, m. *bekoring*, *neiging*, v. *aanlokfel*, o.

Attristant, e, *bedroevend*, *treurig*.

Aube du jour, f. *kriek en van den dag*, o.

Audace, f. *stoutmoedigheid*, *vermetelheid*.

Augmenter, *vermeerderen*.

Aune, m. *elzeboom*.

Aventure, f. *voorval*, *toeval*, o.

Avertir, *berigten*.

Aviser, *berigt*, *raad geven*.

Avis, m. *mening*, *gedachte*, v.

Avoisiner, *aangrenzen*.

B.

Baguette, f. *dun stokje*, o. *laadstok*, m.

Baie, f. *baai*, v. *zeeboezem*, m.

Balancer, *overwegen*, *bedenken*.

Ballot, m. *baal*, v.

Ballon aërostatique, m. *luchtbol*.

Bander, *verbinden*, *spannen*.

Bandoulière, f. *bandelier*, m.

Bananier, *bananaboom*, *Adams vijgeboom*.

Bannir, *verbannen*.

Barrer, *sluiten*.

Barrière, f. *hek*, o. *valboom*, m.

Bastion, m. *bolwerk*, o.

Baudrier, m. *draagband*.

Bêcher, *spitten*.

Bénédiction, f. *zegen*, *gelukwensch*, m.

Bigarré, e, *veelverwig*.

Bond, m. *huppeling*, v. *sprong*, m.

Bonhomie, f. *goedhartigheid*.

Bord, m. *kant*, *oever*, *boord*.

Bordé, e, *geboord*, *gezoomd*.

Borne, f. *grenspaal*.

Borner, (se) *zich tot iets bepalen*.

Bouillon, m. *vleeschnat*, o.

Bouviler, *bestrijken*.

Boussole, f. *zeekompas*, o.

Boyau, m. *darm*.

Bouquin, *oude bok*.

Branche, f. *tak*, *telg*.

Briquet, m. *vuurstaal*, o. *vuurslag*, m.

Brique, f. *tichelsteen*, *baksteen*, m.

Brisé, e, *verbrijzeld*.

Brouette, f. *kruiwagen*, m.

Bruire, *tieren*, *razen*.

Bru-

Bruler la cervelle à qu., *iemand eenen kogel door den kop jagen.*

Bûcher, m. *houtstapel*, v.

C.

Cabane, f. *hut.*

Cable, m. *kabeltouw*, o.

Cadence, f. *welluiding, stemvalling.*

Calme, *stil, rustig.*

Cannibale, m. *menscheneter.*

Canonière, f. *schietgat*, o.

Canot, m. *kleine Indiaansche boot.*

Cap, m. *voorgebergte*, o.

Capture, f. *vangst*, v. *buit*, m.

Carré, e, *vierhoekig.*

Carrière, f. *steengroeve, loopbaan.*

Cartouche, f. *patroon.*

Caverne, f. *hol*, o. *spelonk*, m.

Cavité, f. *holligheid, holte.*

Ceindre, *omgorden.*

Ceinture, f. *gordel*, m. *lijst*, v.

Censurer, *berispen, afkeuren.*

Cerner, *eenen kring om iets maken, insluiten.*

Chaine, f. *ketting, keten.*

Chance, f. *geluk*, o. *kans*, v.

Chariot, m. *wagen.*

Charme, f. *bekoring, betoovering.*

Charpentier, m. *timmerman.*

Châtiment, m. *kastijding, straf.*

Chef-lieu, m. *hoofdplaats*, v.

Choc, m. *stoot, schok, slag.*

Circonstance, f. *omstandigheid.*

Citadelle, *kleine vesting.*

Civilisé, e, *beschaafd, beleefd.*

Cocotier, m. *kokosboom.*

Cognée, f. *bijl.*

Coi, *stil, rustig.*

Coin, m. *hoek.*

Colline, f. *heuvel*, m.

Colon, m. *planter, kolonist.*

Colorer, (se) *kleuren.*

Combat, m. *strijd, slag.*

Comble, m. *toppunt, dak*, o. *overmaat*, v.

Commettre, *begaan, aanvertrouwen.*

Communiquer, *mededeelen, ontdekken, openbaren.*

Compatriote, m. et f. *landsman*, m. *landsvrouw*, v.

Compenser, *vergoeden.*

Complêtement, f. *vervulling.*

Complot, m. *booze en heimelijke aanslag.*

Compter, *schatten, tellen; rekenen.*

Concert, (de) *overeenstemmend.*

Concerté, e, *overwogen.*

Concevable, *begrijpelijk.*

Concevoir, *begrijpen, bevatten*

Concorde, f. *eendragt.*
Concours, m. *zamenloop.*
Confiance, f. *vertrouwen*, o.
Confondre, *beschaamd maken*, *vermengen.*
Conjecture, f. *gissing*, *vermoeding.*
Conseil, m. *raad.*
Conséquent, (par) *bij gevolg.*
Consister, *bestaan.*
Consommation, f. *vervulling.*
Consternation, f. *ontsteltenis*, *verslagenheid.* (*staan.*
Constituer, *stellen*, *doen be-*
Construction, f. *bouwing.*
Construit, e, *vervaardigd*, *gebouwd.*
Consulter, *raad vragen.*
Contempler, *met aandacht beschouwen.*
Contenance, f. *inhoud*, *stand*, m. *houding*, v.
Contenir, se, *zich inhouden*, *bedwingen.*
Continent, m. *vaste land*, o.
Contorsion, f. *verdraaijing.*
Contrée, f. *landschap*, *gewest*, o.
Contribuer, *toebrengen.*
Conviction, f. *overtuiging.*
Convoquer, *bij een roepen.*
Convoyer, *vergezellen.*
Coopérer, *medewerken.*
Copeaux, m. pl. *schaafspaanders.*
Coquillage, m. *schelpwerk*, o.
Cor de chasse, m. *jagthoorn*, o.
Cordialité, f. *opregtheid.*
Cordonnier, m. *schoenmaker.*
Cornemuse, f. *zakpijp.*
Corsaire, m. *kaper*, *zeerover.*
Couche, f. *laag.*
Coucher en joue, *mikken*, *op iemand aanleggen.*
Courant, m. *vloed*, *stroom.*
Cotoyer, *ergens langs heen varen.*
Crampon, m. *kramp*, v.
Crâne, m *bekkeneel*, o.
Crédule, *ligtgeloovig.*
Crête, f. *kruin.*
Creuser, *graven*, *delven.*
Crochet, m. *haak.*
Croiser, *kruiswijze leggen.*
Croyance, f. *geloof*, o. *meening*, v.
Cultiver, *bebouwen*, *aankweeken.* (*akkerman.*
Cultivateur, m. *bebouwer*,
Cylinder, m. *cijlinder.*

D.

Dater, *dagteekenen.*
Débandale, f. *wanorder.*
Débander, (se) *uit een loopen.*
au Deçà, *aan deze zijde.*
au Delà, *aan gene zijde.*
Décence, f. *betamelijkheid.*
Décharger, *afschieten.*
Décidé, e, *beslist.*
Décombres, m. pl. *puin.*
Découragé, *moedeloos*, *afgeschrikt.*

Dé-

Découverte, f. *ontdekking.*
Décuple, *tienmaal zoo veel.*
Dedicace, f. *inwijding.*
Défiance, f. *mistrouwen*, o.
Défiler, *afrijgen*, *achter malkander in eene rij gaan.*
Défricher, *omploegen*, *wieden.*
Délicieux, se, *lekker*, *smakelijk.*
Délier, *ontbinden.*
Démettre, *afzetten*, *verstuiken.* (*blijf*, o.
Demeure, f. *woning*, v. *ver-*
Demoli, e, *geslecht*, *gesloopt.*
Dénoncer, *verkondigen.*
Départ, m. *vertrek*, o.
Dépendre, *afhangen.*
Dépeindre, *afschilderen*, *beschrijven met woorden.*
Déployer, *ontvouwen.*
Dépouiller, *uitkleeden*, *ontblooten.*
Déporter, *verbannen*, *van iets afstaan.*
Dérider, *ontrimpelen.*
Dérouler, *ontrollen.*
Désarmer, *ontwapenen.*
Desastre, m. *ongeluk*, *onheil*, o.
Désespoir, m. *wanhoop.*
Deshabituer, *afwennen.*
Dèslors, *sedert.*
Désoeuvré, *werkeloos.*
Desormais, *voortaan.*
Destination, f. *bestemming.*
Destitution, f. *afzetting*, *berooving.*

Désunion, f. *oneenigheid.*
Détacher, *ontbinden*, *los maken.* (*kaal*, o.
Détail, m. *omstandig ver-*
Détailler, *omstandiglijk verhalen.*
Déterrer, *uitgraven.*
Détruit, *vernield*, *verwoest.*
Dévasté, e, *verwoest.*
Dévastation, f. *verwoesting.*
Développer, *ontwinden*, *verklaren.* (*dekken.*
Dévoiler, *ontsluijeren*, *ont-*
Dévouement, m. *volkomene overgeving*, v.
Dextérité, f. *behendigheid.*
Difficulté, f. *zwarigheid.*
Diriger, *besturen*, *beschikken.*
Discussion, f. *naauwkeurig onderzoek*, o.
Discuter, *naauwkeuriglijk onderzoeken*, *overwegen.*
Disette, f. *gebrek*, o. *armoede*, v.
Disparoître, *verdwijnen.*
Disposer, *schikken*, *bezorgen.*
Disposition, *inrigting*, *schikking.*
Disproportion, f. *ongelijkheid*, *onevenredigheid.*
Distraire, *verstrooijen.*
Distribuer, *uitdeelen.*
Divin, e, *goddelijk.*
Dominer, *overzien*, *bestrijken*, *heerschen.*
Dragée, f. *hagel*, m. (*del*, o.
Drapeau, m. *lompen*, pl. *vaan-*

E.

E.

Ecarter, *verwijderen*, *verstrooijen.*
écarté, e, *afgelegen.*
à l'écart, *ter zijde.*
échec, m *verlies*, o.
échanger, *verruilen.*
échouer, *stranden.*
éclaircir, *ophelderen*, *verklaren.*
éclairer, *weêrlichten*, *ophelderen.*
éclat, m. *spaan*, *spaander.*
éclater, *schitteren*, *scheuren*, *barsten.*
écouler, *afloopen*, *verloopen.*
écuelle, f. *nap*, m. *kom*, f.
écueil, m. *klip*, f.
Effectivement, *werkelijk.*
effectuer, *bewerken*, *in het werk stellen.*
Efficace, *krachtig*, *werkzaam.*
effort, m. *poging*, v. *geweld*, o.
Effrayer, *verschrikken.*
Effroi, m. *schrik.*
Effusion, f. *uitgieting*, *uitstorting.*
s'égarer, *zich verdwalen.*
égard, m *achting*, m. *betrekking*, v.
à l'égard, *ten aanzien.*
égoïsme, *eigenbelang.*
égorger, *de keel afsnijden*, *dooden.*
s'élancer, *snel opspringen*, *toeschieten*, *aanvallen.*
s'éloigner, *zich verwijderen.*
éloquence, f. *welsprekendheid.*
éloge, m. *lof.*
s'Embarquer, *zich inschepen.*
Embarrasser, *belemmeren*, *verhinderen.*
Embouchure, m. *tromp van een geschut*, v. *mondstuk*, o.
Embrasure, f. *schietgat*, o.
éminence, f. *kleine hoogte.*
Emmener, *wegvoeren*, *wegbrengen.*
émotion, f. *oproer*, o. *muiterij*, v.
s'Emparer, *zich van iets meester maken.*
Empiéter, *zich iets toeeigenen*, *iets overweldigen.*
Empêcher, *verhinderen.*
Emplacement, m. *bouwgrond*, *erf.*
Emporter sur q. ch. *iets overtreffen.*
Emporté, *in hevige drift geraakt.*
s'Empresser, *zich haasten*, *bevlijtigen.*
énergie, *nadruk*, m. *kracht*, v.
Enchanté, *betooverd.*
Enchantement, m. *betoovering*, v.
Enclos, m. *omgemuurd stuk lands*, o.
Endormir, *in den slaap wiegen*, s'endormir, *inslapen.*
En-

Endurer, *lijden, uitſtaan, verdragen.*

Enfoncer, *inſlaan, indrijven.*

Engager, *verpanden, verpligten.*

énigme, f. *raadſel, o.*

Enraciner, *inwortelen.*

Enrichir, *verrijken.*

Entasser, *ophoopen.*

s'Etendre, *zich uitbreiden, uitſtrekken.*

Entonnoir, m. *trechter.*

Entraîner, *wegſlepen.*

Entrecoupée, *afgebroken, doorſneden.*

Entrefaites, f. pl. *middelerwijl, ondertusſchen.*

Entrelacer, *doorvlechten.*

Entreprise, f. *onderneming, v. aanleg, m.*

Entretenir, *onderhouden.*

Entretien, m. *onderhoud, o.*

Envisager, *in het gezigt zien, overdenken.*

épaisseur, f *digtheid.*

épargner, *ſparen, verſchoonen.*

épars, e, *verſtrooid.*

épouventer, *verſchrikken.*

épreuve, f. *proef.*

épuiser, *uitputten, droog maken.*

équarrir, *in den haak ſchaven, houwen.*

équipage, m. *ſcheepsvolk, o.*

équiper, *uitrusten.*

équité, f. *billijkheid.*

Errer, *dwalen, omzwerven.*

Escalader, *met ſtormladders beklimmen.*

Escarmouche, f. *ſchermutſeling.*

Escarpé, e, *ſteil.*

Escorter, *begeleiden.*

Espiègle, m. *guit.*

Espoir, m. *hoop, v.*

Esquif, m. *boot, ſloep, v.*

Essayer, *beproeven.*

Essentiel, le, *wezenlijk.*

s'établir, *zich met er woon neêrzetten.*

établissement, m. *ſtichting, inrigting.*

étage, m. *verdieping, zoldering.*

étendard, m. *ſtandaard, m. ruitervaan, v.*

étendue, f. *uitgebreidheid, uitgeſtrektheid.*

étincelle, f. *vonk.*

étouffer, *ſmoren, verſtikken.*

étourdi, e, *onbezonnen.*

étranger, ère, *vreemd.*

évacuer, *ontlasten, ontruimen.*

evanouir, *verdwijnen.*

événement, f. *gebeurtenis, uitſlag eener rede, v.*

éveil, m. *berigt, o.*

éveiller en sursaut, *met ſchrik ontwaken, wakker worden.*

évolution, f. *wapenhandeling.*

Excédé, e, *afgemat.*

Excès, m. *overdaad*, *buitensporigheid*, v.

Exciter, *verwekken*, *aanhitsen*, *aanmoedigen*.

Exclamation, f. *uitroeping*.

Exclusivement, *op eene uitsluitende wijs*.

Exécuter, *volbrengen*, *uitvoeren*.

Exécution, f. *volvoering*, *uitvoering*.

Explosion, f. *uitbarsting*.

Exposer, *ten toon stellen*, *verklaren*, *voorstellen*.

Expression, f. *uitdrukking*, *uitpersing*.

Extase, f. *verrukking*.

Exténué, e, *krachteloos*.

Exterminer, *uitroeijen*.

Extinction, f. *uitblussching*, *vernietiging*.

Extirper, *uitroeijen*.

Extrêmité, f. *uiterste*, o.

F.

Fané, e, *gehooid*, *verwelkt*.

Fardeau, m. *last*, v.

Fatigue, f. *vermoeidheid*.

Ferler, *de zeilen inhalen*.

Ferré, e, *beslagen*.

Fertilité, f. *vruchtbaarheid*.

Ferveur, f. *ijver*, m. *drift*, v.

Flèche, f. *pijl*, m.

Ficelle, f. *bindgaren*, o.

File, f. *gelid*, o. *rij*, v.

Fief, m. *leen*, o.

Flot, m. *golf*, *baar*, v.

Fonction, f. *bezigheid*.

Forge, f. *smederij*.

Forgeron, m. *smid*.

Fort, m. *vesting*, *schans*, *sterkte*, v.

Fortifiant, *versterkend*.

Fortifié, *versterkt*.

Fortin, m. *kleine schans*.

Fortuit, e, *gevallig*, *toevallig*.

Fracasser, *verbrijzelen*.

Frais, m. *koelte*, pl. *onkosten*.

Franchir, *overspringen*.

Frénesie, *krankzinnigheid*.

Friser, *even aanraken*.

Funeste, *treurig*, *rampzalig*.

Fuyard, m. *vlugteling*.

Fureur, f. *woede*.

Furieux, se, *razend*, *woedend*.

Furtivement, *in het verborgen*.

Fusiler, *dood schieten*.

G.

Gaieté, f. *vrolijkheid*.

Garant, m. *die borg voor iets is*.

Garantir, *verwaarborgen*, *bevrijden*.

Garnir, *bezetten*, *voorzien*.

Gau-

Gaucherie, f. *lompheid*, v. *domme streek*, m.
Gazon, m. *groene zode*, v.
Gemissement, m. *zuchting*, v. *gekerm*, o.
Germe, m. *kiem*, v.
Geste, m. *gebaar*, o.
Giberne, f. *patroontasch.*
Gibier, m. *wildbrad*, o.
Gîte, m. *leger*, o. *herberg*, v.
Glacis, m. *borstwering*, v.
Glace, f. *spiegelglas*, o.
Glaive, m. *zwaard*, o.
Gouvernail, m. *roer*, o.
Grossir, *vergrooten*, *versterken.*
Groupe, f. *groep.*
Guide, m. *wegwijzer*, *gids.*
Guider, *den weg wijzen*, *geleiden.*

H.

Habitation, f. *woning.*
Hache, f. *bijl.*
Hausser, *ophalen.*
Haut-de-chausses, m. *broek*, v.
Hérissé, e, de pointes, *met pinnen voorzien.*
Hommage, m. *huldiging*, v.
Horizon, m. *gezigteinder.*
Horrible, *verschrikkelijk.*
Hospitalier, ière, *gastvrij.*
Hote, m. *gast*, *waard.*
Hoyau, m. *houweel*, o.
Hurlement, m. *gehuil*, *geschreeuw*, o.

I.

Idée, f. *denkbeeld*, o.
Idolâtre, m. *afgodendienaar.*
Imaginer, *inbeelden.*
Immensité, f. *onafmetelijkheid.*
Imminent, e, *dreigend.*
Importer, il lui importoit, *daar was hem aangelegen.*
Imposant, e, *achtingverwekkend*, *bedriegelijk.*
Imposer, *achting inboezemen*, *te last leggen.*
Inadvertence, f. *onachtzaamheid.*
Inanition, f. *krachteloosheid*, *afmatting.*
Inattendu, *onverwacht.*
Incendiaire, m. *brandstichter.*
Inconcevable, *onbegrijpelijk.*
Inconvénient, m. *hinderpaal*, *ongelegenheid*, v. *nadeelig gevolg*, o.
Indicible, *onuitsprekelijk.*
Indigent, e, *behoeftig.*
Indiscipline, f. *gebrek aan tucht*, v.
Individu, m. *ondeelbaar wezen van elk geslacht of elke soort*, o.
Indulgence, f. *toegevendheid.*
Inébranlable, *onbewegelijk*, *onwrikbaar.*

Inéquitable, *onbetamelijk.*

Infaillible, *onfeilbaar.*

Infernal, e, *helsch.*

Infester, *verwoesten, kwellen, verontrusten.*

Infliger, *opleggen (eene straf.)*

Ingénieur, m. *krijgsbouwkundige.*

Injure, f. *beleediging, v. scheldwoord, o.*

Inné, e, *aangeboren.*

Inquiet, ète, *onrustig.*

Inquiétude, f. *onrust.*

Insensé, e, *onzinnig, dwaas.*

Insignifiant, e, *onbeduidend,*

Insinuant, e, *innemend, aanvallig.*

Insolence, f. *onbeschaamdheid.*

Insolent, e, *onbeschaamd, moedwillig.*

Inspirer, *inademen, ingeven.*

Instance, f. *aanzoek, o. dringende bede, v.*

Instigateur, m. *aanhitser, aanstoker.*

Instructif, ive, *leerzaam, onderwijzend.*

Insulaire, m. *eilander.*

Insultant, e, *beleedigend.*

s'Insurger, *in massa opstaan.*

Insurmontable, *onoverwinnelijk.*

Insurrection, f. *opstand, m.*

Intellectuel, le, *oordeelend, geestig.*

Intelligence, f. *verstand, oordeel, vernuft, o.*

Intelligible, *duidelijk, verstaanbaar.*

Interrompre, *ophouden, afbreken, in de rede vallen.*

Interprétation, f. *uitlegging.*

Intervalle, m. *tusschentijd.*

Intervention, f. *tusschenkomst, nadering.*

Intimité, f. *vertrouwelijkheid.*

Investir, *in het bezit stellen, omringen.*

Irrésolu, e, *besluiteloos, wankelbaar.*

Irrévocablement, *onherroepelijk.*

Issue, f. *uitgang, m. einde, o.*

J.

Jardinage, m. *tuinmanswerk, o.*

Jaquette, f. *buisje, o.*

Javelot, m. *werpspies.*

à Jeun, *nuchteren.*

Jonc, m. *bies, v. riet, o.*

Jonchée, f. *gestrooide bloemen.*

Joyeux, *vrolijk, blij.*

Joujou, m. *kinderspeelgoed, o.*

Justifier, *regtvaardigen.*

L.

Laborieux, se, *arbeidzaam.*
Labourage, m. *akkerbouw, landbouw.*
Laboureur, m. *landbouwer, akkerman.*
Lâcheté, f. *lafheid, lafhartigheid.*
Lama, m. *amerikaansch lastdier, lama.*
Lasser, *vermoeijen, vervelen.*
Latéral, ale, *zijdelingsch.*
Léger, ère, *ligt, luchtig.*
Libérateur, m. *verlosser, bevrijder.*
Limpide, *klaar, helder.*
Lisière, f. *kant, of zoom van eenen akker, van een land, m.*
Livrer, *overleveren.*
Local, m. *plaats, v.*
Loisir, m. *ledige tijd.*
Lourd, *zwaar, lomp.*
Lunette d'approche, *verrekijker.*
Lutter, *worstelen.*

M.

Maçon, m. *metselaar.*
Magie, f. *toeverij, tooverkunst.*
Maint, e, *verscheiden.*
Malgré, *in weerwil, ondanks.*
Manier, *bevoelen, behandelen.*
Manifester, *openbaren.*
Manoeuvre, *dagwerker, opperman.*
Marais, m. *moeras, o.*
Marée, f. *ebbe en vloed der zee.*
Massue, f. *knods, v.*
Matériaux, m. pl. *bouwstoffen, v.*
Maux, m. *smarte, v. verdriet, o.*
Méchanceté, f. *boosheid, guiterij.*
Mèche, f. *lont.*
Ménace, f. *bedreiging.*
Menacer, *bedreigen.*
Ménuisier, m. *schrijnwerker.*
Mesurer, *meten.*
Métier, m. *handwerk, o.*
Meurtre, m. *moord, doodslag.*
Milice, m. *landvolk.*
Miraculeux, se, *wonderbaar.*
Mirer, *mikken, aanleggen.*
Mitraille, f. *schroot, o.*
Monceau, *hoop, klomp.*
Montagne, f. *berg, m.*
Mordre, *bijten; berispen.*
Morfondre, *verstijven, verkleumen van koude.*
Moteur, m. *bewerker.*
Motif, m. *beweegreden, v.*
Mouiller, *een anker leggen.*

Mousse, m. *scheepsjongen*, *zwabber*, m. s. f. *schuim*, *mos*, o.
Mousser, *schuimen*.
Moût, m. *most*.
Muet, e, *stom*.
Multiplier, *vermeerderen*.
Mûrement, *rijpelijk*.
Murmurer, *ruischen*, *morren*.
Mutilation, f. *verminking*.
Mutinerie, f. *oproer*, o. *muiterij*, v.

N.

Naguères, *onlangs*.
Naufrage, m. *schipbreuk*; v.
Navire, m. *schip*, o.
Néanmoins, *niet*, *destemin*.
Noeud, m. *knoop*, *strik*.
Nourriture, f. *voedsel*, *onderhoud*, o.
Nuire, *schaden*, *benadeelen*.

O.

Objet, m. *voorwerp*, *oogmerk*, o.
Obstinément, *hardnekkiglijk*.
Obvier, *voorkomen*, *tegengaan*, *afweren*.
Occurence, f. *geval*, *voorval*, o. *toestand*, m.
Offrir, *aanbieden*.
Oisif, ive, *lui*, *ledig*.
Oisiveté, f. *luiheid*, *ledigheid*.
Opérer, *bewerken*.
Opiner, *zijne meening zeggen*.
Opposer, *tegenstellen*.
Originaire, m. *inboorling*.
Osier, m. *teen of tien*.
Outil, m. *werktuig*, *gereedschap*, o.
Outrage, m. *smaad*, *hoon*.
Outre, *behalve*, *boven*.
Ouvrier, m. *werkman*.

P.

Pacifique, *vredelievend*, *vreedzaam*.
Paisible, *rustig*, *stil*.
Pâlir, *verbleeken*.
Pallissader, *met stormpalen of pallisaden bezetten*.
Palme, f. *span*, *lengte van de hand*.
Palpiter, *beven*, *trillen*.
Panache, m. *vederbos*.
Parasite, m. *tafelschuimer*, *panlikker*.
Paroi, m. *scheidmuur*, *wand*, m.
Parvenir, *ergens toe geraken*.
Patate, f. *aardappel*, m.
Paturage, m. *weide*, v.
Paume, f. *vlakke hand*.
Paupière, f. *ooglid*, o.

Pa-

Pavillon, m. *tent*, v. *zomerhuis*, o.

Pays, m. *landsman*, m. *land*, o.

Pédagogique, *tot het meesterschap behoorend*.

Pelote, f. *bal*, *klomp*.

Peloton, m. *kleine hoop of troep voetvolk*.

Penchant, m. *neiging*, *helling*, v.

Pénétrer, *doordringen*.

Pénible, *moeijelijk*, *lastig*.

Percer, *doordringen*.

Péril, m. *gevaar*, o.

Périlleux, *gevaarlijk*.

Perplexité, f. *verlegenheid*.

Pétrifier, *versteenen*.

Phénomène, m. *verschijnsel*, o.

Pic, m. *piek*.

Pioche, f. *houweel*, o.

Pirate, m. *zeeroover*.

Pique, f. *spies*, *piek*.

Piqué, e, *gestoord*.

à la piste, *op het spoor*.

Plantation, f. *plantaadje*.

Plaine, f. *vlakte*.

Plomb, m. *lood*, o.

Plonger, *dompelen*.

Poignée, f. *schuinte der borstwering*.

Poids, m. *gewigt*, o. *last*, m.

Poindre, *aanbreken*, *doorbreken*.

Pointe, f. *onderneming*.

Pointer, *stillen*, *rigten*.

Poltron, m. *bloodaard*.

Pompe à feu, f. *brandspuit*.

Pont-levis, m. *ophaalbrug*.

Port, m. *haven*.

Portée, f. *schoot*, *schot*, m.

Porte-voix, m. *spreektrompet*, v.

Possibilité, f. *mogelijkheid*.

Poteau, m. *paal*, o. *post*.

Poupe, f. *achtersteven van een schip*, m.

Poursuivre, *vervolgen*.

Poutre, f. *balk*, m.

Prairie, f. *weide*.

Précaution, f. *voorzorg*, *voorbehoeding*.

se Précipiter, *zich nederstorten*.

Préférence, f. *voorkeur*.

Présage, m. *voorbeduiding*, v. *voorteeken*, o.

Pressant, e, *haastig*.

Pressantir, *een voorgevoelen van iets hebben*.

Prévenir, *voorkomen*.

Prévoir, *voorzien*.

Probable, *waarschijnelijk*.

Procédé, m. *gedrag*, o. *handeling*, v.

Prodige, m. *wonder*, o.

Proférer, *uitspreken*.

Profondeur, f. *diepte*.

Proie, f. *prooi*.

Projet, m. *ontwerp*, *voornemen*, o.

Promontoire, m. *voorgeberg-te*, o.

 Prompt,

Prompt, e, *vaardig*, *bereid.*
à propos, *juist*, *wel te pas.*
Proposer, *voordragen*, *vaststellen.*
Protecteur, *beschermer.*
Protéger, *beschermen.*
Protestation, f. *betuiging*, *verzekering.*
Providence, f. *voorzienigheid.*

Q.

Quête, f. *opzoeking.*
Quintal, m. *centenaar.*
Quinteau, m. *hoop korenschoven*, *takkebossen*, m.

R.

Rabot, m. *schaaf*, v.
Raconter, *verhalen*, *vertellen.*
Rafraichir, *ververschen*, *verkwikken.*
Ralentir, *vertragen*, *verminderen*, *matigen.*
Rame, f. *roeiriem*, m.
Ramener, *wederbrengen.*
Rapidité, f. *snelheid.*
Rassasier, *verzadigen.*
Rassis, *bedaard.*
Râteau, m. *hark*, v.
Rage, m. *verwoesting*, *vernieling.*
Ravissant, e, *verscheurend.*
Rébuter, *uitschieten*, *verwerpen*, *afschrikken.*
Reception, f. *ontvang*, m. *onthaal*, o.
Recit, m. *verhaal*, o.
Ressif, récif, *onder water verborgene klippen.*
Recréation, f. *uitspanning.*
Recueillir, *inzamelen.*
Redevable, *verschuldigd.*
Redoute, f. *wijkschans.*
Rédouter, *vreezen*, *duchten.*
Reduit, e, *genoodzaakt.*
Reël, elle, *wezenlijk.*
Refléchir, *overwegen*, *overdenken.*
Refuser, *weigeren.*
Regret, m. *verdriet* o.; à regret, *ongaarne.*
Regretter, *beklagen*, *betreuren.*
Rejoindre, *zamenvoegen.*
Réitérer, *herhalen.*
Relâche, m. *rust*, v. *ophouden*, o.
Relâcher, *loslaten*, *op eene veilige plaats ten anker liggen.*
Relatif, ve, *opzigtelijk*, *betrekkelijk.*
Rempart, m. *wal.*
Remplir, *vullen.*
Rencontre, f. *ontmoeting.*
Renfoncer, *weder inslaan*, *weder onderdompelen.*

Ren-

Renforcer, *verſterken.*
Renfort, m. *verſterking*, v.
Renoncer, *van iets afſlaan.*
Renverser, *omwerpen*, *omſtooten.*
Répandre, *ſtorten*, *uitgieten.*
Repousser, *afweren*, *terug drijven.*
Reproche, f. *verwijt*, o.
Requis, *gezocht*, *noodzakelijk.*
Réservoir, m. *waterbak.*
Resistance, f. *wederſtand*, m.
Résolution, f. *beſluit*, o.
Ressentir, *gevoelen.*
Resserer, *naauwer maken*, *weder inſluiten.*
Ressort, m. *veêr.*
Ressource, f. *hulpmiddel*, o. *uitweg*, m.
Restaurer, *herſtellen*, *verſterken.*
Résultat, m. *gevolg*, o. *uitkomst*, v.
Retenter, *nog eens beproeven.*
Retentir, *weêrgalmen*, *klinken.*
Réussir, *gelukken.*
Réunir, *weder vereenigen.*
Reverie, f. *zotte inbeelding*, *mijmering.*
Rêve, m. *droom.*
Réveil, m. *ontwaking*, v.
Revêtement, m. *bemanteling*, *bemuring.*
Révoquer, *herroepen.*
Rez-de-chaussée, *gelijks den grond.*
Rigueur, f. *geſtrengheid.*
Risque, m. *gevaar*, o.
Rivage, m. *oever.*
Rive, m. *kust*, v. *ſtrand*, o.
Rocher, m. *rots*, v.
Rôle, m. *rol*, *lijst*, v.
Ronce, f. *braamſtruik.*
Roseau, m. *riet*, o.
Route, f. *weg*, m.
Ruche, f. *bijenkorf*, m.
Ruisseau, m. *beek*, v.

S.

Sacré, e, *geheiligd.*
Salut, m. *heil*, *behoud*, o.
Salutaire, *heilzaam.*
Sanglant, e, *bloedig.*
Sanglotter, *zuchten*, *kermen.*
Sceau, m. *zegel*, o.
Scélérat, m. *booswicht.*
Scène, f. *vertoonplaats*, v. *tooneel*, *geweld*, o.
Scie, f. *zaag.*
Scrupuleusement, *angstvallig-lijk.*
Séant, *zittend*, *voegzaam.*
Sécourable, *hulpzaam.*
Sentier, m. *voetpad*, o.
Sentinelle, f. *ſchildwacht.*
Séparément, *afzonderlijk.*
Sérieux, se, *ernſtig.*

Serment, m. eed.
Serpenter, *slangswijze krom loopen.*
Sevère, *streng, scherp.*
Siège, m. *belegering, v.*
Sobre, *matig.*
Sociable, *gemeenzaam, gezellig.*
Soigner, *bezorgen, zorg dragen.*
Solennel, le, *plegtig, statig.*
Solennité, f. *plegtigheid.*
Solitaire, *eenzaam.*
Solive, f. *dwarsbalk, m.*
Sonder, *toetsen.*
Songer, *denken, droomen.*
Soulager, *verkwikken, verpligten.*
Soufllet, m. *blaasbalg, klap.*
Soumis, e, *onderworpen, onderdanig.*
Soupir, m. *zucht, v.*
Source, f. *bron.*
Sourd, e, *dof, heimelijk.*
Spacieux, se, *ruim, wijd.*
Spiral, le, *slakkenvormig.*
Stratagème, m. *krijgslist, v.*
Stérile, *onvruchtbaar.*
Subsistance, f. *onderhoud, o.*
Subvenir, *bijstaan, te hulp komen.*
Succés, m. *voortgang, m. uitkomst, v. gelukkig gevolg, o.*
Succomber, *bezwijken.*
Suggérer, *ingeven, aan de hand geven.*
Suite, f. *gevolg, o.*
Sujet, m. *onderdaan.*
Superstitieux, se, *bijgeloovig.*
Supplice, m. *straf, lijfstraf, v.*
Supposer, *onderstellen, verzinnen.*
Supposition, f. *onderstelling, vooruitstelling.*
Surchargé, e, *overladen.*
Surcroît, m. *overmaat, m. vergrooting, aanwas, v.*
Surpasser, *overtreffen.*
Surprise, f. *overval.*
Surveiller, *ergens voor waken.*
Susciter, *verwekken.*
Susprendre, *opschorten.*

T.

Tableau, m. *schilderij.*
Tandisque, *terwijl.*
Téméraire, *verwegen.*
Terrasser, *nederwerpen.*
Terrasse, m. *verheven aardwerk, o.*
Tisseran, m. *wever.*
Tissu, m. *weefsel, o.*
Tolérer, *verdragen, dulden.*
Touffu, *digt bewassen.*
Trace, f. *spoor, o.*
Tracer, *schetsen, bauen.*
Trahison, f. *verraderij.*
Trait, m. *pijl, schicht.*

Trai-

Traitable, *handelbaar, buigzaam, beleefd.*

Traité, m. *verhandeling, v. verdrag, o.*

Travée, f. *ruimte tusschen twee balken.*

Traversée, f. *overvaart.*

Trembler, *beven, sidderen.*

Trempé, e, *geweekt, doortrokken.*

Tribu, f. *stam. m.*

Tronçon, m. *splinter.*

Truchement, trucheman, m. *tolk.*

Tube, m. *pijp, v.*

U.

Union, f. *vereeniging.*

Ustensile, m. *gereedschap, o.*

V.

Vagabond, *landlooper.*

Vague, f. *baar, golf der zee.*

Vainqueur, m. *overwinnaar.*

Vallée, f. *dal, o.*

Vallon, m. *klein dal, o.*

Vase, f. *slijk, o. modder, o.*

Vaste, *grot.*

Vaurien, m. *deugniet.*

Vedette, f. *ruiterschildwacht.*

Veille, f. *waken, o. nachtwake, v.*

Veiller, *waken, wakker zijn.*

Vengeance, f. *wraak.*

Venger, *wreken.*

Vêtement, m. *kleeding, v.*

Victime, f. *slagtoffer, o.*

Vigoureux, se, *sterk.*

Visible, *zigtbaar.*

Vivacité, f. *levendigheid, vlugheid.*

Vivres, m. pl. *levensbehoeften, v.*

Voeu, m. *gelofte, v.*

Voiturier, m. *veerman.*

Z.

Zèle, m. *ijver.*

www.ingramcontent.com/pod-product-compliance
Ingram Content Group UK Ltd.
Pitfield, Milton Keynes, MK11 3LW, UK
UKHW012037240726
13965UKWH00003B/862

9 782013 484657

Histoire abrégée de la colonie de Robinson Crusoée, lecture intéressante et instructive pour la jeunesse... pourvue d'un petit vocabulaire français et hollandais, par M. Van Oort

http://gallica.bnf.fr/ark:/12148/bpt6k8857830